ALFRED

Pascal NOWACKI

ALFRED

THÉÂTRE

Toute représentation de la pièce de théâtre,
faisant l'objet de la présente édition,
est soumise à la réglementation sur les droits d'auteur.

En conséquence, vous devez obligatoirement,
avant toute exploitation de ce texte,
obtenir l'accord de l'auteur ou de la SACD, qui gère ses droits.

© 2020, Pascal Nowacki

Édition : BoD – Books on Demand
12/14 rond-point des Champs-Élysées, 75008 Paris
Impression : BoD – Books on Demand, Norderstedt, Allemagne

ISBN : 9 782 322 240 760
Dépôt Légal : Août 2020

Retrouver toute l'actualité de l'auteur sur
http://www.pascalnowacki.fr

Caractéristiques

Genre : Comédie

Distribution : 4 personnages => 1 femme *(jouant les deux personnages féminins)* et 2 hommes

Décor : Intérieur d'un appartement quasiment vide. Une table basse et 3 ou 4 poufs aux motifs léopard.

Costumes : Contemporains.

Acte I

Intérieur d'un appartement dénué de meubles. Il y a juste une table basse autour de laquelle sont positionnés quatre poufs léopard du plus mauvais goût, un bar et la trace d'un tableau qui a été ôté sur un des murs. La pièce est faiblement éclairée. La sonnerie du téléphone retentit. On entend quelqu'un tripatouiller la serrure, suivi d'un bruit de clefs qui tombent au sol.

Gédéon : *(Off)* Eh merde ! J'arrive !

Gédéon finit par ouvrir la porte. Il entre en allumant la lumière.

Gédéon : J'arrive ! J'arrive ! J'arrive !

Il se dirige vers la table basse où se trouve le téléphone et décroche.

Gédéon : Allô, Corali…

Téléphone : Bonjour, je suis Sophie Rénet de la société StarStore.

Gédéon : Bonjour.

Téléphone : Je me permets de vous contacter aujourd'hui pour vous annoncer une bonne nouvelle. Vous avez été tiré au sort pour bénéficier d'une remise de 30 %…

Gédéon : Excusez-moi mais ça ne m'intéresse pas ! Au revoir. *(Il raccroche)*. Font chier avec leurs pubs !

Sonnerie du téléphone.

Gédéon : Allô, Coraline ?

Téléphone : Bonjour, je suis Sophie Rénet de la société StarStore.

Gédéon : Non, mais vous venez de m'appeler, là…

Téléphone : Je me permets de vous contacter aujourd'hui pour vous annoncer une bonne nouvelle…

Gédéon : Je vous ai dit que ça ne m'intéressait pas ! Au revoir. *(Il raccroche)*. C'est pas vrai ! Ils ne vont jamais me lâcher !

Il sort côté chambre, revient très rapidement avec une corde de pendu et grimpe sur la table basse. Il passe la tête dans le nœud coulant puis cherche vainement à attacher la corde au plafond.

Gédéon : *(Constatant qu'il ne peut pas attacher la corde)* Eh merde ! *(La sonnerie de la porte retentit)*. Merde, Coraline ! J'arrive. J'arrive.

Gédéon descend précipitamment de la table et s'empresse d'ouvrir.

Gédéon : Coraline, enfin je…

Lilas : *(Enjouée)* Coucou.

Gédéon : *(Déçu)* Ah c'est vous !

Lilas : Oui c'est moi ! Oh jolie cravate !

Gédéon : Hein ? *(Avisant la corde à son cou)*. Ah, non, c'est pas une… on s'en fout. Qu'est-ce que vous me voulez ?

Lilas : Je suis passée voir si tout allait bien ?

Gédéon : *(Comme une évidence)* Ben, non.

Lilas : Ah !

Gédéon : *(Même jeu)* Non, ça va pas !

Lilas : Je suis désolée.

Gédéon : Faut pas. Écoutez-moi bien heu…

Lilas : Lilas.

Gédéon : Ah oui ! J'ai paumé mon boulot. Ma petite amie m'a quitté, et j'ai été saisi…

Lilas : Oui je sais.

Gédéon : Vous savez ?

Lilas : Oui.

Gédéon : Mais alors si vous savez, pourquoi vous venez me demander ?

Lilas : Parce que je m'inquiète pour vous.

Gédéon : Mais ça non plus faut pas. Faut vraiment pas. Je ne vous ai rien demandé. En fait, vous savez quoi ?

Lilas : Non ?

Gédéon : Eh ben je vais vous le dire. Faut juste me foutre la paix. Juste ça.

Lilas : D'accord.

Gédéon : Voilà, ça s'est dit. Bon ben alors hop, demi tour ! La sortie c'est par là.

Lilas : Oui… *(se ravisant)* Ah non. !

Gédéon : Hé merde !

Lilas : Avant, je suis venu vous apporter ça.

Gédéon : Qu'est-ce que c'est que ça encore ?

Lilas : Un petit cadeau. C'est pas grand-chose, hein, trois fois rien ! Je l'ai chiné dans une brocante. Je me suis dit que ça ferait bien chez vous. Vous allez voir, un peu de couleur, un peu de gaieté, ça va être magique. Et ça va vous remonter le moral.

Gédéon : *(Énervé)* Je ne veux pas qu'on me remonte le moral. *(Se reprenant)* Pardon, je me suis emporté. Écoutez heu…

Lilas : Lilas.

Gédéon : Oui, j'ai juste besoin de repos. Alors merci pour le... le machin, là ! Mais faut vraiment me laisser tranquille, maintenant. d'accord ?

Lilas : D'accord. Je repasserai plus tard.

Gédéon : C'est ça ! Si vous voulez. On fait comme ça. Plus tard, c'est bien. Et plus ça sera tard et plus ce sera bien. Allez...

Lilas : Au revoir Gédéon.

Gédéon : Au revoir heu...

Lilas : Lilas.

Gédéon : C'est ça.

Lilas : Prenez soin de vous.

Gédéon : Oui, oui, oui, comptez sur moi ! *(Lilas sort)*. Oh putain, le boulet ! *(Jetant un œil au cadeau, et lisant l'étiquette collé dessus)* Un petit cadeau pour égayer votre intérieur. Lilas. *(Commentant)* De quoi j'me mêle ? Elle fait chier celle-là aussi. *(Déballant le cadeau et en sortant une bouteille très colorée)* Qu'est-ce que c'est que cette merde ? Elle a pris mon appart pour un dépôt-vente ou quoi ? Allez Hop, poubelle !

Il joint le geste à la parole en faisant tomber la bouteille dans la poubelle se trouvant à côté du bar.
Sonnerie du téléphone.
Gédéon se précipite une nouvelle fois sur le téléphone.

Gédéon : Allô, Corali...

Téléphone : Bonjour, je suis Sophie Rénet de la société StarStore.

Gédéon : Mais non... Stop !

Téléphone : Je me permets de vous contacter aujourd'hui pour vous annoncer une bonne nouvelle.

Gédéon : Oh et puis merde ! Faites comme vous voulez.

Gédéon repose le combiné et sort côté cuisine.

Téléphone : Vous avez été tiré au sort pour bénéficier d'une remise de 30 % sur l'ensemble de nos prestations en fenêtres, volets roulants ou portes de garage. Afin de pouvoir vous confirmer cette offre, un de nos conseillers de vente doit venir chez vous. Seriez-vous libre disons, en début de semaine prochaine ?

Retour de Gédéon avec un grand couteau.
Il reprend le combiné.

Gédéon : Ta gueule !

Il raccroche le téléphone et prend une grande inspiration.
Gédéon tente de se tailler les veines avec une grimace d'anticipation de la douleur. Le couteau ne coupe pas.

Gédéon : Eh merde !

Il regarde le couteau et tente à nouveau de se tailler les veines.

Gédéon : Merde !

Même jeu que précédemment mais plus frénétique

Gédéon : Merde, merde, merde !

Il regarde à nouveau le couteau.

Gédéon : C'est pas vrai. Merde !

De colère, il jette le couteau dans la poubelle.
Les plombs sautent. Gédéon est dans le noir.

Gédéon : Et merde ! Il manquait plus que ça !

Flash ambiance bleue suivi d'un flash ambiance rouge suivi d'un flash aveuglant puis retour à la lumière normale.

Gédéon : Ha !

Un halo de fumée entoure un homme habillé façon conte oriental. Avec quelques détritus en sus.
Gédéon, de dos, ne l'aperçoit pas.

Alfred : *(Désignant le morceau de corde pendant au cou de Gédéon)* Jolie cravate !

Gédéon : *(Apercevant enfin Alfred en se retournant)* Argh !

Alfred : Argh !

Gédéon : Vous m'avez fait peur !

Alfred : Ben, vous aussi, vous m'avez fait peur ! Qu'est-ce qui vous a pris de crier comme ça ?

Gédéon : Qui êtes-vous ?

Alfred : Je te salue, ô mon maître. Je m'appelle Ali OKBARALAMJASAKESTARANANANIMOUJABIS TAROUK.

Gédéon : Quoi ?

Alfred : Avec 2 « m » !

Gédéon : Qu'est-ce que vous faites chez moi ?

Alfred : Ah, c'est chez vous ? C'est charmant.

Gédéon : Et qu'est-ce que c'est que cette odeur ? Vous puez, c'est une infection !

Alfred : Oui je suis désolé, j'étais dans la poubelle.

Gédéon : Dans la pou… Mais d'où vous sortez, bordel ?

Alfred : Ben, je viens de vous le dire, de votre poubelle. Enfin, pour être plus exacte, de la bouteille qui était dans votre poubelle. Je ne sais pas comment elle est arrivée là !

Gédéon : Un taré. Je suis tombé sur un taré, échappé de l'asile ! *(À Alfred qui s'approche)* Ne bougez pas !

Alfred : D'accord, je ne bouge pas.

Gédéon : Foutez-moi le camp !

Alfred : Sans bouger ça va être difficile.

Gédéon : Qu'est-ce que vous foutez chez moi ? Et puis d'abord, qu'est-ce que c'est que ce déguisement ?

Alfred : N'aie crainte, ô mon maître ! Je ne suis qu'un humble, modeste et dévoué sujet de Son Altesse le Sultan Samir AL'JABBARAMKHAMLI,

Gédéon : Qui ?

Alfred : Prince parmi les princes, Souverain éclairé du sultanat d'OMARDJAMARAJ, Guide Suprême du milieu de…

Gédéon : Stop !

Alfred : Mais je n'ai pas fini de…

Gédéon : Je m'en fous ! En plus, je ne comprends rien à ce que vous racontez.

Alfred : Ah bon ? Je disais que je ne suis qu'un humble, modeste et dévoué sujet de son Altesse le Sultan Samir…

Gédéon : Non mais stop, je vous dis ! Je m'en fous ! De vous, de votre prince machin, là, et de tout votre charabia.

Alfred : Je suis désolé, ô mon maître ! C'est le protocole.

Gédéon : Eh bien, je me fous aussi de votre protocole.

Alfred : Alors, vous ne m'en voudrez pas si on le passe ?

Gédéon : Non. Bien au contraire.

Alfred : Ah merci, mon maître ! Merci. Si vous saviez ce que ça me pèse, moi, tous ces titres ronflants que je suis obligé de réciter à chaque fois.

Gédéon : J'm'en fous.

Alfred : Oui, moi aussi, si vous saviez !

Gédéon : Excusez-moi, mais qui êtes-vous exactement ?

Alfred : Vous m'avez déjà posé la question.

Gédéon : J'attends la réponse.

Alfred : Ben je vous l'ai déjà dit.

Gédéon : Non, je ne crois pas, non.

Alfred : Ah ben si.

Gédéon : Ben non.

Alfred : Si.

Gédéon : Non.

Alfred : Si.

Gédéon : Non.

Alfred : Si.

Gédéon : Non.

Alfred : Dites mon maître, on ne va pas quand même pas faire tout le spectacle là-dessus ? Je ne suis pas sûr qu'ils acceptent d'avoir payé juste pour ça !

Gédéon : Qui ça ?

Alfred : Je vous expliquerais plus tard.

Gédéon : Oui, vous avez raison. Enchaînons. C'est à vous. Vous alliez me dire qui vous êtes.

Alfred : Je suis Ali OKBARALAMJASAKESTARA…

Gédéon : NANA MOUSKOURI, oui je sais.

Alfred : Heu non pas MOUSKOURI, BISTAROUK. Je suis un génie !

Gédéon : Un quoi ?

Alfred : Un génie !

Gédéon : Un génie ?

Alfred : Un génie !

Gédéon : Un génie en quoi ?

Alfred : Comment ça, un génie en quoi ?

Gédéon : Mais, j'en sais rien, moi. C'est vous qui me dites que vous êtes un génie. Alors je vous demande, un génie en quoi ?

Alfred : Ben, un génie en… génie !

Gédéon : Il ne me manquait plus que ça. Ça y est, j'ai mal à la tête. *(Il sort côté cuisine. Off)* Alors comme ça, vous êtes un génie ?

Alfred : Oui !

Gédéon : *(Off)* Eh ben !

Alfred : Un vrai ! Diplômé d'État et tout et tout !

Gédéon : *(Off)* Diplômé en plus ! Eh ben…

Alfred : Dites donc, c'est rudement épuré comme déco chez vous !

Gédéon : *(Off)* J'ai eu la visite d'un huissier il y a quinze jours, il a tout pris !

Alfred : *(Regardant les poufs)* Pas tout, non ! Apparemment, c'était un homme de goût !

Gédéon : *(Off)* Vous dites ?

Alfred : Heu… Il a quand même laissé de quoi ne pas rester debout !

Retour de Gédéon un verre d'eau à la main dans lequel se dissout un comprimé d'aspirine.

Gédéon : Ah ça ? C'est une voisine, au quatrième, qui me les a prêtés. Je ne sais pas s'il y a de quoi s'en réjouir. Elle me casse les pieds, celle-là aussi ! Tiens d'ailleurs la bouteille d'où vous sortez, c'est elle. Enfin, bref, de quoi on parlait ?

Alfred : *(Très fier)* De moi !

Gédéon : Ah oui ! Aucun intérêt.

Alfred : Comment ça, aucun intérêt ? J'ai quand même eu mon master. Ensuite, j'ai suivi mes trois ans d'apprentissage post-universitaire qui m'ont permis de valider mon diplôme. Et croyez-moi, ça n'a pas été simple. Surtout le permis tapis. Mais celui-là, je le voulais. Ceci dit, de vous à moi, si on peut éviter d'avoir recours à ce sortilège, ça m'arrangerait assez. Je conduis bien, ce n'est pas le problème. Non, c'est juste que je suis un peu sujet au vertige alors…

Gédéon : Attendez, attendez ! Vous voulez me faire croire que vous êtes un vrai génie, c'est ça ?

Alfred : C'est ça, ô mon maître. Génie de père en fils ! Enfin, si jamais un jour j'ai un fils…

Gédéon : Un génie comme dans les contes des mille et une nuits…

Alfred : Oui.

Gédéon : Aladin…

Alfred : Oui.

Gédéon : Ali Baba…

Alfred : Ah non ! Pas Ali Baba ! Ne me parlez jamais, vous entendez, jamais de ce fumier d'Ali Baba ! C'est un escroc.

Gédéon : Pourquoi ?

Alfred : Pourquoi ? Pourquoi ? Mais relisez son histoire ! Il n'y a pas de génie dans Ali Baba !

Gédéon : Ah oui, maintenant que vous le dites !

Alfred : Mais bien sûr que si, il y a un génie. Un conte, sans génie, ce n'est plus un conte ! Seulement, Monsieur Ali Baba, ce n'est pas n'importe qui ! Monsieur Ali Baba se croit plus fort que les autres ! Alors, Monsieur Ali Baba a réécrit l'histoire à son avantage. Mais moi, je la connais la vérité. Et je n'ai pas peur de la dire, moi, la vérité !

Gédéon : Je vous écoute.

Alfred : Heu, là, tout de suite ? Je vous préviens, ça va vous faire un choc. Je ne voudrais pas...

Gédéon : Non, non, non allez-y ! Allez-y. J'ai déjà eu mon lot de mauvaises nouvelles. Alors au point où j'en suis, une de plus, une de moins...

Alfred : Bon ! Alors voilà la vérité : Ali Baba est un con !

Gédéon : Pardon ?

Alfred : Ah ça, vous pouvez me croire ! Il est tellement con que, sans l'aide d'un génie, jamais il n'aurait trouvé le mot de passe de la caverne.

Gédéon : Ah oui ! Sésame, ouvre-toi !

Alfred : Sésame, ouvre-toi ! Non, mais vous vous rendez compte ! Sésame, ouvre-toi ! Il n'a rien trouvé de mieux ! Tout ça, parce qu'à l'époque il venait d'ouvrir une petite échoppe qui proposait du pain au sésame, qui ne marchait pas super bien, d'ailleurs !

Gédéon : Je vois. Il a voulu se faire du blé avec du sésame et il s'est retrouvé dans le pétrin.

Alfred : Quoi ? *(au public)* Pas compris. Et vous ?

Gédéon : À qui vous parlez ?

Alfred : Je vous expliquerais plus tard. Où j'en étais, moi ?

Gédéon : On parlait boulangerie.

Alfred : Ah oui, bon, je ne devrais pas le répéter, mais il a eu beaucoup de problèmes avec les contrôles d'hygiène, par exemple.

Gédéon : Donc si je comprends bien, vous voulez dire que « Sésame, ouvre-toi ! », c'était de la pub ?

Alfred : Mais bien sûr ! Dites, ça sent bizarre, là, non ?

Gédéon : Non.

Alfred : Ah bon ? Vous êtes sûr ?

Gédéon : Je ne sens rien.

Alfred : Bon. Pourtant, j'ai vraiment l'impression…

Gédéon : Laissez tomber. Mais alors, pour revenir à votre histoire, c'était quoi le vrai mot de passe ?

Alfred : Ah ça ! Même Ali Baba le boulanger ne le sait pas ! La seule personne à savoir, c'est le génie qui l'a trouvé. Et chez nous, les génies, on a un code d'honneur, nous ! On ne divulgue pas nos secrets, nous !

Gédéon : Comme les magiciens !

Alfred : C'est ça ! Oui, on peut dire ça. Comme… Le gaz !

Gédéon : Le gaz ? Quel rapport ?

Alfred : Ça sent le gaz !

Gédéon : Non, ne faites pas attention.

Alfred : Ça sent le gaz, je vous dis.

Gédéon : Oh là, là ! Évidemment que ça sent le gaz. J'ai ouvert le gaz alors ça sent le gaz ! Ça ne va pas sentir la violette ! Vous n'auriez pas un briquet ?

Alfred : Mais ça va pas bien, vous !

Alfred se précipite dans la cuisine.

Gédéon : Eh merde !

Alfred : *(Off)* Vous savez que c'est dangereux de laisser le gaz ouvert ?

Gédéon : Je m'en fous !

Alfred : *(Off)* Vous vous en foutez, vous vous en foutez, mais pas moi ! *(Retour d'Alfred)*. Faut pas être égoïste comme ça ! Faut penser aux autres.

Gédéon : Quels autres ?

Alfred : *(Comme une évidence, en montrant le public)* Ben eux !

Gédéon : Quoi ?

Alfred : Je vous expliquerai plus tard. Où j'en étais ?

Gédéon : Vous me parliez d'Ali Baba.

Alfred : Ah oui ! Quand je pense que je porte le même prénom que ce bandit !

Gédéon : Ali !

Alfred : Ouais. J'ai commencé les démarches administratives pour en changer. Un vrai parcours du combattant. Vous ne vous imaginez pas toute la paperasse qu'on vous demande.

Gédéon : Vous savez, on est en France, ici ! On est un peu le pays qui a inventé le concept.

Alfred : Ah oui, pardon ! Mais ils devaient pas simplifier les démarches administratives ?

Gédéon : Si ! Ils devaient…

Alfred : Et alors ?

Gédéon : C'est pire !

Alfred : Je suis désolé.

Gédéon : Ouais. Et donc, vous avez choisi de vous appeler comment ?

Alfred : Ah, mais je ne peux pas choisir ! C'est le prénom qui doit s'imposer à moi.

Gédéon : Ce n'est pas gagné !

Alfred : Non. D'autant que je suis obligé de garder le « A » en première lettre.

Gédéon : Ah bon ? C'est marrant ça, comme obligation. Il y a une raison ?

Alfred : Oui. C'est parce que je viens de me faire faire des cartes de visite. 5000. Et au prix que ça coûte ! *(Lui tendant une carte)* Tenez.

Gédéon : *(Lisant)* A point OKBARALAMJASA…

Alfred : OKBARALAMJASAKESTARANANANIMOUJABISTAROUK.

Gédéon : À vos souhaits !

Alfred : Oh, c'est marrant ça : À vos souhaits, pour un génie, c'est un bon slogan !

Gédéon : *(Tendant la carte pour la rendre)* Tenez.

Alfred : Gardez-la, il m'en reste 4999.

Gédéon : Ah ben merci. Bon ben je vais la ranger pour pas la perdre. *(il jette la carte à la poubelle)* Moi, je serais à votre place, je me demanderais quand même si c'est vraiment le prénom qui faut changer..

Alfred : Qu'est-ce que vous voulez dire ?

Gédéon : Rien, laisser tomber. Donc vous avez besoin d'un prénom qui commence par un « A ».

Alfred : Oui.

Gédéon : Eh bien, si vous ne pouvez pas le choisir, vous n'avez qu'à le tirer au sort ! On prend un calendrier, vous posez votre doigt au hasard et hop, en fonction de la date on voit s'il y a un prénom qui commence par un « A ».

Alfred : Vous êtes d'une grande sagesse, ô mon maître.

Gédéon : J'ai surtout l'esprit pratique. Au fait, vous êtes obligé de m'appeler comme ça ?

Alfred : Comment, comme ça ?

Gédéon : Ô mon maître.

Alfred : Vous m'avez libéré de la bouteille.

Gédéon : Oui d'accord, mais premièrement, je ne l'ai pas fait exprès et ensuite vous n'êtes pas obligé de le faire tout le temps, si ?

Alfred : C'est le protocole qui veut que…

Gédéon : Oubliez le protocole, je vous dis. Si quelqu'un vient, ça risque d'être gênant.

Alfred : Bien mon maître. Et comment dois-je vous appeler ?

Gédéon : Gédéon. Je m'appelle Gédéon, alors appelez-moi Gédéon et ça ira très bien.

Alfred : Gédéon ?

Gédéon : Oui.

Alfred : *(En s'esclaffant)* C'est ridicule !

Gédéon : Au point où j'en suis ! Tenez, voilà un calendrier.

Alfred : Merci. Ça n'a pas l'air d'aller fort.

Gédéon : Mieux ça serait pire ! J'ai perdu mon boulot il y a trois mois, ma copine m'a largué il y a un mois et un huissier est venu me saisir il y a 15 jours.

Alfred : Vous cumulez, vous !

Gédéon : Que voulez-vous ? Moi, quand je fais quelque chose, je le fais à fond !

Alfred : Je vois ça !

Gédéon : Tiens d'ailleurs, ça me fait penser… *(Il passe derrière le bar)*

Alfred : *(Posant son doigt au hasard sur le calendrier et lisant)* Assomption. Je ne vais pas m'appeler Assomption !

Gédéon : *(Posant un bol sur le bar)* Pourquoi ? C'était le nom de la femme d'Ali Baba ?

Il vide ce qui semble être un reste de contenu d'une boîte de céréales dans le bol.

Alfred : Non.

Gédéon : Eh ben alors ? Vous vouliez un prénom qui commence par un « A » et paf, le premier que vous tirez, ça colle. C'est un signe !

Alfred : Je n'ai pas passé plusieurs dizaines d'années dans cette fichue bouteille pour me faire appeler Assomption en sortant.

Gédéon : *(Cherchant visiblement un objet)* Attendez, je crois qu'il y a d'autres prénoms pour cette date.

Alfred : Vraiment ?

Gédéon : Ouais. Déjà, il y a Marie, c'est sûr.

Alfred : Non.

Gédéon : Non ? *(Apercevant un agenda sur la table basse)* Ah, le voilà ! Ça ne vous plaît pas non plus, Marie ?

Alfred : C'est joli, très joli même, mais ça ne commence pas par…

Gédéon : Par un « A », oui je sais. *(Feuilletant l'agenda)* Voyons voir, qu'est-ce qu'ils disent là-dedans ? Voilà, j'ai trouvé ! Alfred ! Ça commence par un « A ».

Alfred : Oui.

Gédéon : Eh ben voilà, adjugé, vendu ! Bonjour Alfred, enchanté de vous avoir rencontré.

Alfred : Alfred ? Vous croyez ?

Gédéon : Mais oui ! C'est bien, ça, Alfred, pour vous. Ça vous va bien. C'est un prénom qui respire la jeunesse, l'intelligence.

Alfred : Oui, vous avez raison !

Gédéon : Mais bien sûr !

Alfred : Alfred ! Je te salue l'ami, je suis Alfred OKBARALAMJASAKESTARANANANIMOUJABISTAROUK. Oui, ça sonne bien ! *(Apercevant le bol de céréales, il pioche dedans alors que Gédéon a le regard détourné)* Hum, c'est bon ça !

Gédéon : Heureux que ça vous plaise. *(Apercevant Alfred le bol de céréales à la main)* Mais qu'est-ce que vous faites ?

Alfred : Ben, je mange vos trucs, là. C'est pas dégueu !

Gédéon : Mais c'est mon bol ! C'est pour moi, ça !

Alfred : Oh pardon ! Excusez-moi.

Gédéon : Il a bouffé mon bol !

Alfred : Vous n'en auriez pas un autre pour moi ?

Gédéon : Recrachez-moi ça tout de suite, vous entendez ? Recrachez-moi ça !

Alfred : Ah ben, trop tard, je les ai avalés.

Gédéon : Eh merde ! Manquait plus que ça !

Alfred : Vous êtes sûr que ça va, vous ?

Gédéon : Et vous ? Vous allez bien ? Vous n'avez mal nulle part ?

Alfred : Non.

Gédéon : Vous êtes sûr ?

Alfred : Oui.

Gédéon : Faites « Aaaaah ! ».

Alfred : A.

Gédéon : Non, « Aaaaah » !

Alfred : Aaaaah.

Gédéon : Ça vous plaît ces machins-là ?

Alfred : Oui. C'est craquant et il y a un petit goût acide sur la fin ! C'est quoi ?

Gédéon : *(Qui est passé derrière le bar et sort la boîte vide)* De la mort-aux-rats !

Alfred : Dites donc, vous ne vous arrêtez jamais vous ? Quand vous avez une idée en tête, vous ne l'avez pas ailleurs !

Gédéon : Pourquoi ça ne vous fait rien ?

Alfred : Parce que je suis un génie. Pas un rat !

Gédéon : Eh bien j'en suis ravi.

Alfred : Tant mieux. Je suis content que vous soyez ravi. Ça sera plus simple.

Gédéon : Qu'est-ce qui sera plus simple ?

Alfred : Vous aider.

Gédéon : M'aider ?

Alfred : Oui.

Gédéon : À me suicider ?

Alfred : Oui… Non !

Gédéon : Et qui vous a dit que j'avais besoin d'aide ?

Alfred : Regardez-vous ! Ça se voit comme une babouche au milieu d'un couscous.

Gédéon : Bon, ça suffit ! J'ai été bien sympa jusqu'à maintenant, mais ça commence à bien faire. Je ne sais pas qui vous êtes, ni d'où vous venez mais une chose est sûre, vous allez y retourner ! Allez hop ! Dégagez-moi le plancher, et plus vite que ça.

Alfred : Vous avez tort de vous emporter.

Gédéon : Je fais ce que je veux ! Empêcheur de se suicider en rond ! Un génie, ça ? Génie comme moi je suis Pape !

Alfred : Ah non, ça, je ne vous le permets pas ! Vous n'avez pas le droit de douter de mes compétences !

Gédéon : Quelles compétences ? Je suis sûr que si je vous demandais d'exaucer un vœu, vous ne seriez pas foutu de le faire !

Alfred : Vous me mettez au défi ?

Gédéon : Parfaitement ! Accomplissez un vœu et je vous crois !

Alfred : Moi, je veux bien, mais je n'ai pas le droit de…

Gédéon : Dégonflé !

Alfred : D'accord.

Gédéon : D'accord ?

Alfred : D'accord ! Je vous écoute.

Gédéon : Bon, alors, voyons voir. J'ai une idée ! Faites revenir Coraline.

Alfred : Qui ça ?

Gédéon : Coraline. C'est ma petite amie. Enfin, c'était ma petite amie. Alors, si vous pouvez la faites revenir… je vous crois.

Alfred : Attendez, je ne comprends pas très bien. Vous voulez dire que vous n'avez plus de femme et que ça vous embête ?

Gédéon : Oui.

Alfred : Ben, où est le problème ? Achetez-en une autre.

Gédéon : Hein ? Quoi ? Mais qu'est-ce que vous racontez ? Ça ne s'achète pas une femme.

Alfred : Comment ça, ça ne s'achète pas une femme ?

Gédéon : Non !

Alfred : Vous êtes sérieux, là ?

Gédéon : Oui.

Alfred : Depuis quand ?

Gédéon : Ben, ça fait un bon moment déjà.

Alfred : Ah merde !

Gédéon : Oui.

Alfred : Mais comment vous faites, alors ?

Gédéon : Comment on fait quoi ?

Alfred : Ben, pour trouver une femme ? Comment vous faites si vous ne pouvez pas l'acheter ? Parce que déjà, comme ça, ce n'était pas facile. Ça ne se trouvait pas sous le sabot d'un chameau. Il fallait quand même un minimum d'apport. C'est que ça coûtait cher, à mon époque, une femme !

Gédéon : Ah ! Ça, ça n'a pas changé.

Alfred : En plus ! Ben alors ? Comment vous faites.

Gédéon : On mise sur la chance, le hasard des rencontres, les applis…

Alfred : Ah oui, évidemment, vu comme ça… Eh ben, on dira ce qu'on voudra mais ça n'a pas que des bons côtés, le progrès !

Gédéon : Bon, vous pouvez la faire venir ou pas ?

Alfred : Bien sûr ! Mais vous êtes sûr ?

Gédéon : Oui.

Alfred : Vous n'en préférez pas une autre ?

Gédéon : Non.

Alfred : Vous n'allez pas le regretter ?

Gédéon : Non, je vous dis. C'est elle que j'aime, je n'en veux pas d'autre.

Alfred : D'accord ! Pas de problème. Je la fais venir.

Gédéon : Attendez, attendez ! Vous allez la faire venir, ici, maintenant ?

Alfred : C'est ce que vous voulez, non ? Akbala-Karabala !

Alfred fait un geste très théâtral. Noir puis flash ambiance bleue suivi d'un flash ambiance rouge puis retour à la lumière.

Gédéon : Et alors ?

Alfred : Alors quoi ?

Gédéon : Vous dites une formule magique et hop, on a juste le droit à un petit effet de lumière, assez agaçant en plus, deux, trois vieux moulinets avec les bras et c'est tout ?

Alfred : Oui.

Gédéon : Vous voulez me faire croire que Coraline va se pointer ?

Alfred : Oui.

Gédéon : Vous êtes sûr de vous ?

Alfred : Certain.

Gédéon : Vous me filez un doute, d'un seul coup.

Alfred : Vous pouvez.

Gédéon : Il faut que je me change. Je ne peux pas la recevoir comme ça.

Alfred : Eh bien dépêchez-vous, car elle ne devrait plus tarder !

Gédéon sort côté chambre. On sonne à la porte.

Alfred : Eh voilà !

Gédéon : *(Off)* Eh merde ! Ouvrez-lui la porte, j'arrive !

Alfred ouvre la porte. On découvre un livreur de pizza, blouson sur les épaules et casque de moto sur la tête.

Alfred : Oh, un Daft Punk ! Bonjour !

Le livreur se contente de tendre la boite à pizza.

Alfred : Pas causant le chanteur. Gédéon !

Gédéon : *(Off)* J'arrive ! J'arrive, j'arrive…

Alfred : Elle fait quoi comme métier, votre copine ?

Gédéon : *(Off)* Elle est juriste. Pourquoi ? *(Entrant)* Qui c'est ça ?

Alfred : Elle ne livre pas de pizza pendant ses heures creuses ?

Gédéon : Non.

Alfred : Donc, ce n'est pas elle.

Gédéon : Non.

Alfred : Bon, ben, on va quand même prendre la pizza. Ça serait dommage de gâcher. Vous avez 13 euros ?

Gédéon : Ça doit être une erreur, je n'ai pas commandé de pizza.

Alfred : *(Consultant la note)* Si, si, c'est à votre nom. Gédéon Martin.

Gédéon : *(Tendant à Alfred un billet de vingt euros)* Tenez !

Alfred : Merci. *(Au livreur)* Tenez. Gardez la monnaie ! Merci. Au revoir !

Le livreur sort.

Gédéon : Alors vous, bravo ! On vous commande une copine et vous livrez une pizza !

Alfred : Je ne sais pas ce qui s'est passé !

Gédéon : Il s'est passé que vous êtes nul.

Alfred : Pourtant, je suis sûr d'avoir utilisé la bonne formule. Je ne comprends pas !

Gédéon : En tout cas, je vois que ma mort-aux-rats ne vous a pas fait perdre l'appétit, c'est déjà ça.

Alfred : Vous en voulez ? Elle est très bonne !

Gédéon : Mouais, pourquoi pas. Vous savez, je sais très bien qui l'a commandée, cette pizza.

Alfred : Ah bon ?

Gédéon : C'est encore un coup de l'autre folle du quatrième.

Alfred : La folle du quatrième ?

Gédéon : Je vous en ai déjà parlé. Celle des poufs et de la bouteille aussi.

Alfred : Ah oui !

Gédéon : Une nana, aussi conne que moche, qui ne me lâche plus d'une semelle depuis que Coraline m'a plaqué. Elle me monte mon courrier, elle me fait livrer des plats… L'autre jour, c'était des sushis ! Je déteste ça, moi, le poisson cru ! Beurk ! Et puis, ensuite, elle se pointe, soi-disant pour voir si tout va bien ! Aujourd'hui, c'est pizza. Vous allez voir, elle va bientôt rappliquer.

Alfred : Elle est amoureuse !

Gédéon : Pas moi ! Enfin, pas d'elle !

On sonne à la porte.

Gédéon : Qu'est-ce que je vous disais ? Une vraie emmerdeuse. Foutez-la dehors ! Je ne veux pas la voir.

Alfred : Mais qu'est-ce que je lui dis ?

Gédéon : Je ne sais pas. Écoutez, je vais peut-être le regretter, mais je vous fais confiance.

Alfred : C'est vrai ? Oh merci…

Gédéon : Ne vous emballez pas sinon je pourrais changer d'avis.

Alfred : Vous ne le regretterez pas.

Gédéon : Bon, allez-y !

Il sort côté cuisine. Alfred, une part de pizza à la main, va ouvrir la porte. On découvre une femme élégante et sexy à la fois.

Alfred : Bonjour.

Coraline : Bonjour. Qu'est-ce que c'est que ça ?

Alfred : De la pizza.

Coraline : Non, ça, ce machin, là.

Alfred : Merci pour le machin ! Je me nomme Alfred OKBARALAMJA…

Coraline : Gédéon n'est pas là ?

Alfred : Si, il est dans… Heu, non ! Non, il n'est pas là.

Coraline : Je suis venue pour… Enfin, je suis sa…

Alfred : Oui, oui, oui, je sais qui vous êtes.

Coraline : Ne m'interrompez pas !

Alfred : Je ne vous interromps pas !

Coraline : Vous êtes un ami, sans doute ?

Alfred : Ah bon ? Heu, oui. On peut dire ça comme ça, oui.

Coraline : C'est gentil de venir lui tenir compagnie.

Alfred : Je fais ce qui me semble être…

Coraline : Ne m'interrompez pas !

Alfred : Je ne vous interromps pas !

Coraline : Et le déguisement, c'est pour quoi ?

Alfred : Ce n'est pas un déguisement, c'est mon costume d'apparat officiel.

Coraline : Mais bien sûr ! Il est où Gédéon ? Il s'habille en Shéhérazade ?

Alfred : Non, quelle idée ! Il est dans la cuisine. Il fait cuire quelques amuse-bouches pour ses invités.

Coraline : Gédéon a des invités ?

Alfred : Oui, des invités qu'il a… invités.

Coraline : Je ne vois personne à part vous.

Alfred : Ils ne sont pas encore arrivés. Je suis le premier.

Coraline : Gédéon a des invités !

Alfred : Vous l'avez déjà dit.

Coraline : Ne m'interrompez pas !

Alfred : Je ne vous interromps pas !

Coraline : Quand je pense que je m'inquiétais pour lui.

Alfred : Ce n'est pas la peine.

Coraline : Je le vois bien. J'ai eu tort. Eh bien vous lui direz que je lui souhaite de bien s'amuser…

Alfred : D'accord.

Coraline : Ne m'interrompez pas !

Alfred : Je ne vous interromps pas !

Coraline : Et qu'il n'est pas prêt de me revoir.

Alfred : Ah ça, c'est plutôt une bonne nouvelle qui va lui faire plaisir.

Coraline : Comment ?

Alfred : Écoutez, il faut comprendre une bonne fois pour toutes que Gédéon ne vous supporte pas.

Coraline : Quoi ? Comment pouvez-vous…

Alfred : Ne m'interrompez pas ! Mais qu'est-ce que vous voulez ? C'est un homme profondément gentil. Jamais il n'osera vous dire qu'il vous trouve moche et conne mais croyez-moi, il n'en pense pas moins.

Coraline : Oh !

Alfred : Et franchement, quand on vous voit, on ne peut qu'être d'accord avec lui ! Vous êtes d'un vulgaire, ma pauvre ! On dirait une de ces femmes qui vend ses charmes sur la place Isbroul…

Coraline : Oh !

De rage, Coraline se dirige vers la sortie.

Gédéon : *(Off)* Alors ? C'était qui ?

Alfred : L'emmerdeuse !

Coraline : Hein ?

Alfred : Vous aviez raison. Elle est moche !

Coraline : Pardon ?

Gédéon : *(En entrant)* Ah ! Vous voyez ? Je ne vous avais pas men… *(Apercevant Coraline)* Coraline ?

Coraline : Salaud !

Elle le gifle.

Gédéon : Coraline !

Elle sort.

Alfred : C'est ça, casse-toi, mocheté !

Gédéon : Qu'est-ce que j'ai fait ?

Alfred : Bon débarras !

Gédéon : *(Visiblement sous le choc)* C'était Coraline !

Alfred : Ne vous inquiétez pas. Je m'en suis occupé. Elle n'est pas prête de revenir vous emmerder.

Gédéon : *(Visiblement sous le choc)* Coraline !

Alfred : Non, moi c'est Alfred. Vous avez vraiment besoin de... Coraline ?

Gédéon : *(Visiblement sous le choc)* Oui.

Alfred : Vous avez dit... Coraline ?

Gédéon : *(Visiblement sous le choc)* Oui.

Alfred : Coraline comme... Coraline ?

Gédéon : *(Visiblement sous le choc)* Oui.

Alfred : Aurais-je commis une boulette ?

Gédéon : *(Visiblement sous le choc)* Oui.

Alfred : C'est fâcheux.

Gédéon : *(Visiblement sous le choc)* Oui.

Alfred : Vous êtes fâché ?

Gédéon : Non. Je veux juste mourir.

Alfred : Vous n'allez quand même pas vous laisser abattre à la première difficulté, non ?

Gédéon : Si.

Alfred : Mais non ! Et puis, je suis là, moi, maintenant. Vous m'avez. Vous pouvez compter sur moi.

Gédéon : C'est rassurant, ça ?

Alfred : Oui.

Gédéon : Je suis foutu.

Alfred : Mais non, la vie est belle ! Il faut juste trouver le bon côté des choses.

La sonnerie du téléphone retentit.

Alfred : Vous ne répondez pas ?

Gédéon : Bof !

Alfred : Je peux ?

Gédéon : Si ça peut vous faire plaisir.

Alfred : Merci. Allô ?

Téléphone : Bonjour, je suis Sophie Rénet de la société StarStore.

Gédéon : Allez-y, montrez-moi le bon côté.

Alfred : Bonjour.

Téléphone : Je me permets de vous contacter aujourd'hui pour vous annoncer une bonne nouvelle. Vous avez été tiré au sort pour bénéficier…

Alfred : Attendez, attendez ! Excusez-moi, je vais vous passer le propriétaire des lieux.

Téléphone : D'accord, je vous remercie.

Gédéon : Je ne veux pas lui parler. Je n'en ai rien à foutre de ses volets. Elle m'appelle 10 fois par jour.

Alfred : *(En écartant le combiné)* Qui vous a dit que j'allais vous la passer ? Vous m'avez autorisé à m'amuser. Je m'amuse. *(Approchant à nouveau le combiné)* Allô ?

Téléphone : Bonjour Monsieur, je suis Sophie Rénet de la société StarStore.

Alfred se met à aboyer très fort au téléphone puis il raccroche !

Alfred : Et voilà ! Affaire réglée !

Gédéon : Chapeau !

Alfred : Je vous l'ai dit, vous pouvez compter sur moi.

Gédéon : Ah oui ?

Alfred : Ne vous inquiétez pas. Je gère, je gère.

Gédéon : Justement, j'ai vu comment vous gériez avec Coraline.

Alfred : Oh là, là, oui, bon, d'accord, je me suis un peu emmêlé les pinceaux. Mais bon, c'est vous qui m'avez mis dans l'erreur. Vous m'avez dit que c'était la voisine du dessus.

Gédéon : Je suis désolé, je ne suis pas devin.

Alfred : Ouais. Ceci dit, j'ai réussi le test.

Gédéon : Comment ça ?

Alfred : Vous vouliez que je fasse venir votre amie et elle est venue, non ?

Gédéon : C'est vrai ! Vous avez raison.

Alfred : Je suis génial, oui je sais.

Gédéon : Mais alors, si vous êtes vraiment un génie…

Alfred : Diplômé d'État…

Gédéon : D'accord ! D'accord ! Donc, vous devez m'exaucer trois vœux ?

Alfred : 3 vœux ?

Gédéon : Ouais ! Maintenant que j'y pense, c'est cool ça ! Je sens que ça va déjà mieux. Qu'est-ce que je peux bien vouloir ? Voyons, faut pas se rater, là. Bon, du pognon, ça c'est sûr. De la santé pour pouvoir en profiter, sinon ça sert à rien et en troisième… Qu'est-ce que je pourrais demander en troisième ?

Alfred : Excusez-moi, ô mon maître, mais…

Gédéon : Vous m'agacez avec vos « ô mon maître », vous savez ?

Alfred : Pardon. C'est l'habitude. Le poids de l'éducation…

Gédéon : Oui je comprends. Ceci dit, c'est flatteur, je ne dis pas le contraire, mais c'est agaçant. Donc si vous pouviez arrêter de m'appeler comme ça…

Alfred : D'accord, Gédéon !

Gédéon : Super. Alors ? Allez-y !

Alfred : Où ça ?

Gédéon : Non, je veux dire, allez-y, commencez !

Alfred : Commencer quoi ?

Gédéon : Je ne sais pas, moi ! Ce n'est pas moi le génie ! Vous devez certainement dire des incantations, des formules magiques, non ?

Alfred : Pour quoi faire ?

Gédéon : Ben pour exaucer mes vœux. En premier, je veux de l'argent, beaucoup d'argent.

Alfred : Ce n'est pas possible.

Gédéon : Comment ça ce n'est pas possible ?

Alfred : Non. Ça ne marche pas comme ça.

Gédéon : Qu'est-ce qui ne marche pas comme ça ?

Alfred : Je ne peux pas exaucer des vœux, comme ça, à la demande. Je l'ai fait tout à l'heure parce que vous ne me croyiez pas mais sinon on n'a pas le droit.

Gédéon : Vous êtes un génie, oui ou non ?

Alfred : Oui, mais de toute façon, le coup des trois vœux à exaucer, c'est du folklore !

Gédéon : Quoi ?

Alfred : En fait, pendant un moment, la corporation était plutôt mal vue. Beaucoup nous prenaient pour des charlatans. Alors le SIG a voulu redorer un peu l'image de la profession.

Gédéon : Le SIG ?

Alfred : Syndicat Interprofessionnel des Génies. Et donc on a eu cette idée des trois vœux à exaucer.

Gédéon : De la pub ? Ce n'est que de la pub, ça aussi ?

Alfred : Oui.

Gédéon : Déjà, à l'époque, ils faisaient chier avec ça ? Et on s'étonne d'être emmerdé toutes les cinq minutes au téléphone. Mais en fait, c'est une tradition qui remonte à loin, alors ?

Alfred : Ah oui, ça…

Gédéon : Les 3 vœux ! Une pub, comme Sésame ouvre-toi ?

Alfred : Ce n'est pas comparable. Nous sommes une corporation honnête, nous ! Pas comme Ali Baba, cet infâme fils de chien de…

Gédéon : Oui, oui, c'est bon, j'ai bien compris.

Alfred : Ah ?

Gédéon : Oui. Mais alors, ça veut dire que vous ne me servez à rien ?

Alfred : Comment ça, à rien ?

Gédéon : Si vous ne pouvez pas exaucer mes vœux, je ne vois pas vraiment à quoi vous pouvez me servir ?

Alfred : À vous aider à reprendre confiance en vous, vous donner la motivation pour vous battre et…

Gédéon : Stop ! Ça ne s'appelle un génie ça, ça s'appelle un coach de vie.

Alfred : Ah oui ?

Gédéon : Ouais !

Alfred : Et ça gagne bien, ça, coach de vie ? Non, je demande ça, parce que génie, il faut bien l'avouer, bon, le titre, ça fait classe, rien à redire là-dessus, mais franchement, c'est plus ce que c'était. De vous à moi, ça gagne plus comme ça gagnait.

Gédéon : Ça eu payé, quoi !

Alfred : Exactement !

Gédéon : Je vois. Bon écoutez, vous voulez m'aider ?

Alfred : Oui ! Je suis là pour ça.

Gédéon : Bien. Alors, ce qui m'aiderait, là, tout de suite, maintenant, c'est que vous finissiez votre pizza et que vous déguerpissiez.

Alfred : Mais…

Gédéon : Il n'y a pas de mais qui tienne. Je vais me rafraîchir un peu et quand je sors de la salle de bain, je veux retrouver ma vie de merde habituelle. Est-ce que c'est compris ?

Alfred : D'accord ! D'accord. Je vais aller faire un petit tour dehors et…

Gédéon : Et surtout, vous ne revenez pas ! Fin de la discussion ! *(En sortant côté salle de bain)* Un génie ! N'importe quoi ! *(Il revient)* Ah ! Un dernier conseil. Avant de sortir, changez-vous !

Il sort.

Alfred : Pourquoi ? Qu'est-ce que j'ai ? Je suis bien comme ça ! *(Au public)* Non ?

On sonne à la porte.

Alfred : Ah, tiens, on sonne !

Nouvelle sonnerie.

Alfred : Gédéon ! On sonne !

Pas de réponse. Nouvelle sonnerie.

Alfred : Qu'est-ce que je fais, moi ? J'ouvre ou je n'ouvre pas ?

Nouvelle sonnerie.

Alfred : Après tout, je suis là pour l'aider ! J'ouvre !

Alfred ouvre la porte laissant entrer une femme plutôt grassouillette, grosses lunettes et très mal habillée. Elle porte un sac plastique.

Lilas : Bonjour.

Alfred : Bonjour.

Lilas : Vous, vous n'êtes pas Gédéon.

Alfred : Et vous, vous êtes perspicace.

Lilas : Ah non, moi c'est Lilas.

Alfred : Alfred. Alfred OKBARALAMJASAKESTARANANANI-MOUJABISTAROUK. Avec 2 « m » !

Lilas : Enchantée, votre altesse.

Alfred : Ah mais je ne suis pas…

Lilas : Je suis la voisine du 4e.

Alfred : Vous êtes sûre ?

Lilas : Oui, pourquoi ?

Alfred : Je me suis fait avoir une fois alors maintenant je préfère demander avant. Je me méfie, vous comprenez ?

Lilas : Non, pas du tout.

Alfred : Vous êtes donc la voisine du 4e ? Vous me le jurez ?

Lilas : Oui.

Alfred : Ah donc c'est vous la pouf…

Lilas : Quoi ?

Alfred : Les poufs ! Les poufs, c'est vous ?

Lilas : Ah, oui.

Alfred : *(La dévisageant)* Remarquez, j'aurais pu m'en douter. Quels goûts !

Lilas : Merci. *(Montrant son sac)* À ce propos, je suis venue apporter ça.

Alfred : Oh, un sac rose !

Lilas : Mais non.

Elle sort du sac un tissu imprimé panthère.

Alfred : Qu'est-ce que c'est ?

Lilas : Une peau de panthère.

Alfred : Vous avez tué une panthère ?

Lilas : Ah non, ce n'est pas moi. Elle était déjà morte.

Alfred : Mais on n'a pas le droit ! C'est un animal protégé.

Lilas : Oui je sais, mais là, vu son état, je ne pense pas qu'on puisse la ranimer, n'est-ce pas ?

Alfred : Ben, si… heu, non !

Lilas : *(Installant le tissu sur la table basse)* Voilà, c'est joli, hein ?

Alfred : C'est pas exactement le terme que j'aurais utilisé.

Lilas : Ça donne un côté exotique, j'aime bien.

Alfred : *(La dévisageant ostensiblement)* C'est donc vous la fameuse voisine du 4e ?

Lilas : Ben, oui. Pourquoi ? Gédéon vous a parlé de moi ?

Alfred : Ah ça oui !

Lilas : Et qu'est-ce qu'il a dit ?

Alfred : Oh là, que vous étiez vraiment une... Heu... ben que vous étiez sa voisine du 4e.

Lilas : C'est ça.

Alfred : Il n'a pas menti.

Lilas : Non.

Alfred : Je me dis qu'il a même été en dessous de la vérité.

Lilas : Non, non, non. Il a dit la vérité, je suis au 4e pas au 3e.

Alfred : Hein ?

Lilas : Vous avez dit qu'il était en dessous...

Alfred : Ah oui, non, non, non. Oui, enfin, non, non mais oui. Ce n'est pas ce que j'ai voulu dire.

Lilas : Ah bon ?

Alfred : Non, je voulais dire que... Non rien, excusez-moi. Je me suis mal exprimé. Dites-moi plutôt...

Lilas : Non moi c'est Lilas. Plutôt c'est le chien de Mickey.

Alfred : D'accord. Qu'est-ce que vous lui voulez, à ce brave Gédéon ?

Lilas : Eh bien, je pensais qu'il était seul. Il ne va pas bien en ce moment... Une rupture.

Alfred : Caroline.

Lilas : Coraline.

Alfred : Non, moi c'est Alfred.

Lilas : Oui, je sais.

Alfred : Alors pourquoi vous m'avez appelé Coraline ?

Lilas : Parce que vous l'avez appelée Caroline.

Alfred : Qui ça ?

Lilas : Coraline.

Alfred : C'est ce que j'ai dit !

Lilas : Non.

Alfred : Bon écoutez, Lola…

Lilas : Lilas.

Alfred : Holà !

Lilas : Non, Lilas.

Alfred : Pardon ?

Lilas : Ce n'est pas Lola ou Holà, c'est Lilas.

Alfred : D'accord ! Le mieux, c'est que vous me disiez exactement et précisément ce qui vous amène. D'accord ?

Lilas : D'accord !

Alfred : Bien. Je vous écoute.

Lilas : Je m'étais dit que peut-être…

Alfred : Peut-être ?

Lilas : Eh bien, on aurait pu aller se promener, tous les deux… Au parc… Histoire de se changer les idées. Il fait beau alors…

Alfred : Ah oui ! Bonne idée ! Ça fait très longtemps que je ne suis pas sorti. L'air frais me fera le plus grand bien. Le temps d'enfiler un tricot de peau…

Lilas : Non. Pas vous.

Alfred : Pardon ?

Lilas : Non, c'est avec Gédéon que je…

Alfred : Avec Gédéon. Mais oui, bien sûr ! Oh la boulette ! Où avais-je la tête ? Je m'excuse.

Lilas : Je vous en prie.

Alfred : C'est idiot, j'ai cru que c'était avec moi que vous vouliez…

Lilas : Non. Je suis désolée, votre altesse.

Alfred : Oh, il n'y a pas de mal. C'est moi, c'est moi qui suis désolé. Donc vous voulez sortir avec Gédéon ?

Lilas : Oui.

Alfred : Quand ?

Lilas : Heu, quand il le voudra. Pourquoi pas maintenant ?

Alfred : Eh oui ! Pourquoi pas maintenant ?

Lilas : Oui.

Alfred : *(À lui-même)* Pourquoi pas maintenant ? C'est la question ! Et il faut que je trouve une réponse, moi !

Lilas : Vous dites ?

Alfred : Je cherche.

Lilas : Vous cherchez quoi ?

Alfred : Si je le savais, je ne chercherais pas !

Lilas : Ah ben oui.

Alfred : Ben oui. *(À lui-même)* Elle est gentille.

Lilas : Qui ça ?

Alfred : Vous. Vous êtes gentille.

Lilas : Oh, merci votre altesse.

Alfred : Ah, mais je ne suis pas…*(À lui-même)* Je ne vais pas m'en sortir ! *(À Lilas)* Écoutez, heu… Pétunia…

Lilas : Lilas.

Alfred : Ah oui c'est ça, Lilas. Désolé. Bon, ça ne va pas être possible. Vous et Gédéon, je veux dire. C'est très gentil de votre part de penser à lui et de vouloir l'aider mais là, c'est impossible.

Lilas : Ah non ?

Alfred : Non.

Lilas : Ah ?

Alfred : Oui, il est sous la douche !

Lilas : Sous la douche ?

Alfred : Oui.

Lilas : Vous mentez très mal.

Alfred : Je vous assure que c'est vrai. Il m'a dit : Alfred, mon ami ; c'est toujours comme ça qu'il m'appelle. Alfred mon ami, donc, attends-moi là, je vais prendre une douche.

Lilas : Vous êtes vraiment son ami ?

Alfred : Mais bien sûr ! Je suis même son meilleur ami !

Lilas : C'est curieux, je ne vous ai jamais vu avant.

Alfred : C'est parce que j'habite loin, très loin, très, très loin.

Lilas : Ah c'est pour ça !

Alfred : Oui.

Lilas : Et c'est la première fois que vous venez ?

Alfred : Voilà, c'est ça. C'est la première fois que je viens. Oui, parce que comme j'habite loin, je ne peux pas venir tous les jours.

Lilas : Bien sûr ! Et c'est pour ça que vous ne pouvez pas savoir que Gédéon n'a pas de douche.

Alfred : Non, ça, je ne savais pas !

Lilas : Juste une baignoire.

Alfred : C'est sympa aussi la baignoire.

Lilas : Oui, un bon bain, c'est sympa. C'est relaxant, enfin, tant que l'eau est chaude !

Alfred : Ah oui, parce que si l'eau a le temps de complètement refroidir, c'est que le type s'est noyé ! *(Alfred rit de sa blague puis se fige, pris d'un* *doute)* Oh le con ! Ne bougez pas, je reviens ! *(Sortant côté salle de bain)* Gédéon ! *(Off)* Je suis là.

Gédéon : *(Off)* Non, mais ça ne va pas la tête ? Qu'est-ce que vous foutez ?

Alfred : *(Off)* Je suis là !

Gédéon : *(Off)* Je le vois bien que vous êtes là ! Vous allez me lâcher à la fin ?

Alfred : *(Off)* Tenez bon !

Gédéon : *(Off)* Mais je ne vous ai rien demandé !

Alfred : *(Off)* Vous allez bien ?

Gédéon : *(Off)* J'allais bien ! Jusqu'à ce que vous entriez comme un diable ! Qu'est-ce qui vous a pris ?

Alfred : *(Off)* Je vous demande pardon.

Gédéon : *(Off)* Dehors ! On ne peut même pas prendre un bain tranquille !

Retour d'Alfred.

Alfred : Eh ben, allez rendre service après ça. Je suis tout trempé ! *(Apercevant Lilas qui n'a pas bougé)* Vous êtes encore là, vous ?

Lilas : Oui. C'est vous qui m'avez dit de ne pas bouger. Gédéon va bien ?

Alfred : Très bien. Il est en pleine forme !

Lilas : Ah, tant mieux !

Alfred : Oui.

Lilas : Donc… Je peux bouger maintenant ?

Alfred : Hein ?

Lilas : Je peux bouger… puisqu'il va bien ?

Alfred : Ah ! Heu… oui, oui, bien sûr, vous pouvez bouger.

Lilas : Merci.

Alfred : Heu… Vous attendiez vraiment que je vous donne l'autorisation, là, pour bouger ?

Lilas : Ben oui, pourquoi ?

Alfred : Je ne sais pas. C'est juste que je n'ai pas l'habitude que l'on écoute ce que je dis.

Lilas : Vous aviez l'air de savoir ce que vous faisiez. Je vous ai fait confiance. Vous m'avez dit de ne pas bouger, je n'ai pas bougé.

Alfred : Ah ouais, quand même ! Bougez pas ! *(Lilas s'immobilise)*. Bougez. *(Lilas bouge)*. Bougez pas ! *(Lilas s'immobilise)*. Bougez ! *(Enchaînant rapidement)*. Bougez pas ! Bougez ! Mais vous êtes exceptionnelle, vous, vous savez ?

Lilas : Oh, c'est gentil. Merci votre altesse.

Alfred : Ah, mais je ne suis pas votre altesse. D'ailleurs je suis l'altesse de personne.

Lilas : Ah bon ?

Alfred : Ah non, non, non. Eh ben dites donc, une comme vous, c'est la première fois que j'en vois une.

Lilas : Moi aussi, un comme vous, c'est la première fois que j'en vois un !

Alfred : Ah oui ? C'est vrai ?

Lilas : Oui.

Alfred : C'est vrai que je suis exceptionnel !

Lilas : Vous faites quoi dans la vie ?

Alfred : Hein ?

Lilas : Puisque vous n'êtes pas une majesté, c'est quoi votre métier ? Clown ?

Alfred : Non, pourquoi ?

Lilas : À cause du costume.

Alfred : Mais qu'est-ce que vous avez, tous, avec mon costume ? Il est très bien, mon costume, non ?

Lilas : Disons qu'il n'est pas très discret.

Alfred : Ah, c'est pour ça !

Lilas : Oui. Et donc ? Puisque vous n'êtes pas clown, vous faites quoi ?

Alfred : Heu… coach !

Lilas : Sportif ?

Alfred : Ah ben non, j'ai fait des études. Je suis coach de vie !

Lilas : Ah oui ?

Alfred : Oui. Et ça gagne très bien ! Et vous, vous faites quoi ?

Lilas : *(Désignant la table basse et les poufs)* Oh c'est facile à deviner !

Alfred : Gardien de zoo ?

Lilas : Non.

Alfred : *(Regardant la peau de panthère sur la table basse)* Taxidermiste !

Lilas : Décoratrice d'intérieur !

Alfred : *(Ayant le regard qui passe rapidement de Lilas aux poufs et inversement)* Non, vous déconnez, là ! C'est pas vrai ?

Lilas : Si !

Alfred : Ah ouais ! Vous faites partie de l'élite !

Lilas : C'est gentil. Ce n'est pas tous les jours qu'on me dit que je fais partie de l'élite !

Alfred : Bon, ce n'est pas tout ça, mademoiselle Bégonia…

Lilas : Lilas.

Alfred : Si vous voulez. Mais je vais vous demander de partir.

Lilas : Pardon ?

Alfred : Heu, oui, Gédéon attend des amis. Il va être très occupé. Il est déjà en retard pour tout dire.

Lilas : Gédéon, des amis !

Alfred : Il leur a donné rendez-vous ici pour un après-midi entre potes.

Lilas : Depuis quand Gédéon a des amis ?

Alfred : Depuis toujours.

Lilas : C'est curieux, ça.

Alfred : À ce point là ?

Lilas : Il ne m'a jamais dit qu'il avait des amis. Et il n'a jamais reçu personne chez lui.

Alfred : Et moi ? Il vous avait déjà parlé de moi ?

Lilas : Non.

Alfred : Eh ben vous voyez. Et pourtant, je suis bien là, j'existe, non ?

Lilas : Oui.

Alfred : Eh bien, pour ses amis c'est pareil. Vous voyez ? Il n'y a pas de quoi s'inquiéter. Gédéon est très bien entouré. Vous pouvez lui foutre la paix !

Lilas : Je vois, oui, je vois.

Alfred : Bon, je vous remercie d'être venue. La paix sur vous. Ciao et tutti quanti.

Alfred pousse Lilas vers la sortie.

Lilas : Je repasserai un peu plus tard…

Alfred : Non. Inutile. On sera entre potes !

Lilas : Mais si, ça me fait plaisir.

Alfred : Ce n'est pas utile je vous dis. Allez, hasta la vista ! *(Lilas sort)* Et voilà le travail ! Alfred, mon vieux, t'es un génie !

NOIR

Acte II

Même décor, un peu plus tard. La pièce est vide. Gédéon entre en peignoir.

Gédéon : Ah super, il est parti ! *(Gédéon décroche le téléphone et compose un numéro)* Allô, Corali... *(Un temps)* Oui, Coraline, c'est moi, Gédéon. Je voulais m'excuser pour tout à l'heure. En fait c'est pas moi, c'est Alfred, il ne savait pas qui tu étais et il t'a prise pour quelqu'un d'autre. Une autre femme qui devait venir mais c'est toi qui es venue alors Alfred a cru que c'était elle mais en fait c'était toi. Ah, et pis l'autre femme qui devait venir, c'est pas non plus ce que tu crois. Elle devait venir mais moi je ne voulais pas c'est pour ça qu'Alfred était là pour qu'elle ne vienne pas mais c'est toi qui es venue. Donc, voilà, quoi ! Comme ça c'est clair. Bon ben, allez, à plus !

Alfred : *(En entrant, habillé en jeune de banlieue mais en ayant gardé son turban)* Wesh man !

Gédéon : Hé merde !

Alfred : Vous avez vu, je me suis changé ?

Gédéon : Qu'est-ce que c'est que cet accoutrement ?

Alfred : J'ai modernisé mon costume. Je me suis inspiré des petits films musicaux qui passent à la télé, heu... Les clips, je crois que ça s'appelle !

Gédéon : Vous n'êtes pas tombé sur les meilleurs !

Alfred : *(Retenant son baggy)* Par contre, il faudra me dire comment ils arrivent à faire tenir leurs pantalons.

Gédéon : Ils ne les font pas tenir !

Alfred : Comment ?

Gédéon : Ils les laissent tomber !

Alfred : Ah ! *(Il laisse tomber son pantalon dévoilant un superbe caleçon)* À propos de laisser tomber ! J'ai vu votre voisine, Hortensia.

Gédéon : Hortensia ?

Alfred : Ben celle du 4e.

Gédéon : Lilas.

Alfred : Ouais.

Gédéon : Hé merde !

Alfred : J'en ai fait mon affaire.

Gédéon : C'est vrai ?

Alfred : Oui.

Gédéon : Ouf. Vraiment Alfred, merci. Mais remettez votre pantalon, s'il vous plaît.

Alfred : *(En remettant son pantalon qu'il tiendra d'une main)* Heu… Attendez avant de me remercier.

Gédéon : Quoi ?

Alfred : Non, rien, je vous rassure. C'est juste que pour la faire partir, je lui ai dit que vous receviez des amis. Mais elle ne m'a pas complètement cru et je pense qu'elle va repasser pour voir si c'est vrai. Vous n'auriez pas une ceinture ?

Gédéon : Vais voir. *(Il sort côté chambre)*

Alfred : Donc, vous invitez quelques amis. Elle voit que vous n'avez pas besoin d'elle et elle vous fout la paix !

Gédéon : *(De retour avec une ceinture qu'il tend à Alfred)* Vous lui avez dit quoi, exactement ?

Alfred : Merci. Je lui ai dit que vous aviez invité des amis cet après-midi et donc, que vous n'auriez pas de temps à lui consacrer.

Gédéon : Des amis ? Quels amis ?

Alfred : Ben je ne sais pas, moi. Vos amis ! Vous avez bien des amis, non ?

Gédéon : Non !

Alfred : Non ?

Gédéon : Non !

Alfred : Comment ça, non ?

Gédéon : Non comme non, le contraire de oui.

Alfred : Ah merde ! *(Un temps)* Quand même !

Gédéon : Attendez, ne vous méprenez pas. J'ai des connaissances.

Alfred : Oui.

Gédéon : Plein.

Alfred : Bien sûr.

Gédéon : Des gens bien.

Alfred : Je n'en doute pas.

Gédéon : Qui m'apprécient.

Alfred : Évidemment.

Gédéon : Beaucoup.

Alfred : Naturellement.

Gédéon : Vous vous foutez de moi, là ?

Alfred : J'en ai l'air ?

Gédéon : Oui.

Alfred : Ah mince.

Gédéon : Alors ?

Alfred : Quoi, alors ?

Gédéon : Vous vous foutez de moi ?

Alfred : Ben oui. Bien obligé de le reconnaître puisque ça se voit.

Gédéon : Dites donc, c'est pas vous qui êtes censé m'aider ?

Alfred : Si ! Et croyez-moi, vous auriez pu tomber plus mal. *(En avançant, le comédien interprétant Alfred heurte un pouf et se trouve déséquilibré. Le comédien interprétant Gédéon doit jouer un fou rire retenu mais néanmoins assez visible pour entraîner une réaction amusée du public).* Mon cousin, par exemple. Oui, parce qu'on est plusieurs génies dans la famille. Eh bien, mon pauvre ami, si vous étiez tombé dessus... ça vous fait rire ce que je vous dis ?

Gédéon : Non, non, non, continuez !

Alfred : Qu'est-ce que je disais ? *(Au public)* Oui ben, ne vous foutez pas trop de moi, parce que ça risque de vous retomber sur le coin de la tronche.

Gédéon : À qui vous parlez ?

Alfred : À vos amis.

Gédéon : Mes amis ?

Alfred : Oui, vos amis, là… Ah ça y est, ça me revient. Vous me disiez que vous n'aviez pas d'amis justement. Que des connaissances.

Gédéon : Oui, c'est ça. Des connaissances, j'en ai. Mais des amis que je pourrais inviter à la maison, non. Ça, je n'ai pas.

Alfred : Ce n'est pas grave, je vais vous en trouver. L'essentiel, c'est que Magnolia non, heu…

Gédéon : Lilas.

Alfred : Lilas, oui. Je ne vais pas y arriver. Bref, l'essentiel, c'est qu'elle vous voit avec vos amis.

Gédéon : Je ne comprends rien.

Alfred : Ne vous inquiétez pas, je gère. Allez dans la cuisine préparer des trucs à grignoter. Moi, je m'occupe de tout !

Gédéon ne bouge pas.

Alfred : Allez ! Qu'est-ce que vous attendez ?

Gédéon : Je ne la sens pas !

Alfred : Eh ben, vous la sentirez mieux dans la cuisine ! Allez ouste, du balai !

Gédéon : *(En sortant côté cuisine)* Je ne la sens pas.

Alfred : Bon, ben il ne me reste plus qu'à trouver les amis de Gédéon.

Gédéon : *(Off. Pousse un cri)* Argh !

Alfred : Qu'est-ce qui se passe ?

Gédéon : Qu'est-ce que c'est que ce bordel encore ? *(Sortant de la cuisine)* Qu'est-ce que vous avez foutu dans mon frigo ?

Alfred : Je ne comprends pas.

Gédéon : C'est quoi ? Un cadavre ?

Alfred : Vous savez Gédéon, vous m'inquiétez vraiment. De quoi vous parlez, encore ?

Gédéon : De quoi je parle ? *(Il sort côté cuisine. Off)* De quoi je parle ? Mais je parle de ça !

Il entre, traînant derrière lui une danseuse orientale, visiblement frigorifiée.

Alfred : Ah, ça ! C'est rien !

Gédéon : Comment ça, c'est rien ?

Alfred : C'est la danseuse orientale que j'ai mis au frais. Je me suis dit qu'une petite danse du ventre, ça serait sympa pour l'ambiance quand vos amis seront là. Regardez !

Lumière tamisée. Musique orientale. Alfred fait monter l'ambiance puis s'écarte pour laisser la danseuse s'exprimer. Mais cela n'est pas très convaincant !

Alfred : Oui, bon, ce n'est pas terrible, je le reconnais. C'est de ma faute, j'ai voulu faire des économies. J'aurais dû prendre du plus haut de gamme.

Gédéon : Mais elle est congelée, comment vous voulez qu'elle danse ?

Alfred : Ah bon, vous croyez que c'est ça ?

Gédéon : Mais bien sûr, regardez son ventre, *(joignant le geste à la parole)* touchez-le ! C'est glacé. Elle ne peut pas bouger !

Alfred : *(Touchant le ventre de la danseuse)* Ah oui, vous avez raison ! Si on la mettait au micro-ondes ?

Gédéon : Mais vous n'êtes pas bien, vous !

Alfred : Parce que si on attend qu'elle dégèle toute seule, on n'a pas fini.

Gédéon : Mais c'est vous qui n'êtes pas fini !

Alfred : Ah ben merci !

Gédéon : Bon, virez-moi ça !

Alfred : Quoi ?

Gédéon : Vous me la renvoyez chez Picard, vite fait ! C'est compris ?

Alfred : D'accord ! J'ai compris ! Inutile de vous fâcher ! Je la fais partir.

Gédéon : En plus, elle m'a foutu un de ces bordels dans mon frigo ! Faut que je range tout maintenant ! C'est malin.

Alfred : Oui, vous avez raison. Faut se dépêcher de tout préparer avant que votre voisine ne revienne.

Gédéon : *(Sortant côté cuisine)* Je préférerais que ce soit Coraline qui revienne.

Alfred : Chaque chose en son temps ! On règle d'abord le problème de l'emmerdeuse et ensuite on s'occupera de votre amie. Bon alors, où j'en étais moi ? Ah oui ! Faire disparaître la danseuse et trouver des amis pour Gédéon ! Akbala-Karabala !

Noir puis flash ambiance bleue suivi d'un flash ambiance rouge suivi d'un flash aveuglant puis retour à la lumière normale de jeu avec lumière également dans la salle. La danseuse a disparu.

Alfred : *(Vérifiant)* Bon, la danseuse, c'est fait ! Les amis, maintenant. Voyons voir ça ! *(Fixant le public)* C'est tout ce qui restait en stock ? Bon, ben, on ne va pas faire le difficile.

Alfred fait monter sur scène trois personnes du public. Il faut un homme d'une cinquantaine d'années, un deuxième homme si possible plus jeune et une femme d'une trentaine d'années.

Alfred : Voilà, trois amis, ça suffira largement. Vous vous appelez comment ? *(Alfred répète le prénom)* D'accord et vous ? *(Alfred répète le prénom)* Bien. Et vous, charmante enfant ? *(Alfred répète le prénom)* C'est bien parce que je ne l'ai pas fait exprès et pourtant vous avez tous un prénom aussi ridicule que Gédéon. Bon, ce que je vous propose c'est de vous installer sur les poufs, là. Voilà ! Je vous en prie, asseyez-vous ! Vous êtes bien ? Ça va ? Oui ? Non ? Remarquez, je vous demande ça, mais je m'en fous. Vous voulez boire quelque chose ? Je peux vous proposer un jus de fruit, une eau plate ou pétillante ou un cola ? Qu'est-ce que vous voulez ? D'accord ! Je vais appeler Gédéon pour qu'il vous apporte tout ça. En attendant, je vous invite à consulter l'album photo qui se trouve devant vous. Il y en a un chacun. Ça va vous permettre d'en savoir un peu plus sur votre présence ici. D'accord ? Voilà ! *(Dans les albums, se trouvent les indications que vont devoir suivre les « amis » de Gédéon dans la scène qui vient, ainsi que le texte qu'ils devront dire. Une couleur est attribuée à chaque « ami » afin de faciliter la lecture et la compréhension : Rose, Bleu et Vert)* Et maintenant… Eh ben, il n'y a plus qu'à ! Akbala-Karabala !

Noir puis flash ambiance bleue suivi d'un flash ambiance rouge suivi d'un flash aveuglant puis retour à la lumière normale de jeu, la salle étant à nouveau éteinte.

Alfred : Gédéon ! Gédéon ! Venez voir ! Il y a une surprise ! *(Aux « amis »)* Ça va lui faire un choc ! *(À la cantonade)* Gédéon !

Gédéon : *(Off)* J'arrive !

Alfred : Dépêchez-vous un peu, mon vieux !

Gédéon : *(Off)* Arrêtez de m'appeler comme ça !

Alfred : Excusez-moi, ça m'a échappé ! Bon, vous venez ou quoi ?

Entrée de Gédéon.

Gédéon : Qu'est-ce qu'il y a encore ? Qu'est-ce que c'est que ces gens ?

Alfred : Vos amis !

Gédéon : Mes amis ?

Alfred : Vos amis.

Bleu : Salut Gégé !

Rose : Bonjour Gédéon.

Vert : Salut, ça va ?

Gédéon : Bonjour Messieurs dame.

Alfred : Je vous présente *(Alfred énumère les prénoms des « amis »)*, vos amis !

Gédéon : Qu'est-ce que c'est encore que cette histoire ? Vous ne vous arrêtez jamais, vous, hein ?

Alfred : Je gère, je vous dis ! Bon, vos amis, là, ils ont soif. Si vous pouviez faire le service, ça serait sympa.

Gédéon : Quoi ?

Alfred : Alors *(Alfred énumère les boissons commandées)* C'est ça ? Je ne me suis pas trompé ? Voilà ! Allez ! Bougez-vous un peu ! Ça ne se fait pas de faire attendre ses amis !

Gédéon : Qu'est-ce que vous mijotez encore ?

Alfred : Je vous l'ai dit. Mimosa se pointe…

Gédéon : Lilas.

Alfred : Oui, elle aussi, les deux. Vous êtes avec vos amis. Et elle s'en va. Et voilà, en à peine 5 minutes, vous en êtes débarrassé à vie !

Gédéon : Et après ? On en fait quoi d'eux ?

Alfred : Eh ben, je les renvoie d'où ils viennent.

Gédéon : Vous êtes sûr ?

Alfred : Absolument sûr.

Gédéon : Bon, je vais chercher les boissons.

Alfred : C'est ça !

Gédéon : Bon, ben, les gars, je vais vous chercher à boire !

Il sort.

Vert : Merci.

Rose : Merci Gédéon.

Bleu : Merci Gégé.

Alfred : Bravo ! Super ! Vous êtes de supers amis !

Gédéon : *(Off)* Qu'est-ce que vous dites ?

Alfred : Je dis que vos amis sont chouettes !

Gédéon : *(Off)* Ouais. Je dois reconnaître que pour le moment ça va !

Alfred : Il vous adore !

Gédéon : *(Off)* Il ne faut pas exagérer non plus ! *(Entrant avec les boissons)* Et voilà !

Bleu : T'aurais pas des cahouettes ?

Vert : Ah oui, bonne idée !

Rose : Oh oui, tu serais chou !

Gédéon : *(À Alfred, pas très content)* Des cahouettes ?

Alfred : Ça serait chou.

Gédéon : J'y vais.

Bleu : Merci Gégé !

Gédéon : *(Revenant sur ses pas. À Alfred)* Il m'agace à m'appeler Gégé, celui-là ! *(Il sort)*.

On sonne à la porte.

Alfred : Ah ! Voilà, l'emmerdeuse ! Vous êtes prêts ? J'ouvre !

Alfred ouvre la porte. Entrée de Coraline.

Alfred : Eh merde ! Je me suis encore gouré ! Coraline ! Quelle surprise ! *(Aux amis)* C'est Coraline !

Rose : Salut Coraline.

Vert : Salut, ça va ?

Bleu : Salut Cora !

Coraline : Qui c'est ces guignols ?

Alfred : Les amis de Gédéon.

Vert : Entrez, Coraline, entrez !

Rose : On vous attendait.

Bleu : Très heureux de faire votre connaissance.

Coraline : Vous les avez trouvés où ?

Alfred : Pardon ?

Coraline : Vous n'allez quand même pas me faire croire que Gédéon fréquente ce genre d'individus ? Regardez-moi ça !

Alfred : Qu'est-ce qu'ils ont ?

Coraline : Un vieux beauf alcoolique, un type avec une tête de tueur en série, et une petite allumeuse.

Rose : Qu'est-ce qu'elle dit ?

Alfred : Qu'elle est heureuse.

Coraline : Non, ce n'est pas du tout ce que j'ai dit !

Alfred : Oui, ben que ça vous plaise ou pas, ce sont les amis de Gédéon. Alors maintenant vous allez mettre votre condescendance dans votre poche et venir les saluer.

Vert : Approchez Coraline, on ne mord pas.

Coraline : Manquerait plus que ça !

Bleu : Qu'elle est drôle ! J'adore les femmes qui ont de l'humour.

Rose : Heureusement que vous êtes arrivée, je me sentais un peu seule !

Coraline : Oui, c'est ce que je ressens aussi en ce moment !

Vert : Je sens qu'on va passer un bon moment ensemble.

Coraline : Même pas en rêve !

Bleu : Oh, pardon princesse !

Vert : Pour qui elle se prend celle-là ?

Rose : Ah ben, bonjour l'ambiance pour la partouze !

Coraline : La quoi ?

Rose : On n'est pas là pour ça ?

Alfred : Non !

Coraline : De quoi elle parle ?

Alfred : De rien ! Elle est bourrée, elle ne sait pas ce qu'elle dit.

Coraline : Elle est bourrée ?

Alfred : Complètement ! Regardez-la ! C'est terrible hein, les ravages de l'alcool sur une femme ?

Coraline : Bourrée au : *(donne la boisson choisie par personnage rose)*

Alfred : Oui ! C'est pathétique, hein ?

Coraline : Et Gédéon pensait que c'est en m'invitant à une petite sauterie avec ses amis obsédés, là, que tout allait s'arranger entre nous ?

Alfred : Ben oui. Heu, non ! En fait, c'est pas vous qu'on attendait !

Coraline : Oui je sais, il m'a laissé un message sur mon répondeur. Il m'a déjà trouvé une remplaçante !

Alfred : Mais non, c'est pas ça non plus !

Coraline : Ne m'interrompez pas !

Alfred : Je ne vous interromps pas ! Oh et puis zut ! Akbala-Karabala !

Noir puis flash ambiance bleue suivi d'un flash ambiance rouge suivi d'un flash aveuglant puis retour à la lumière normale de jeu avec lumière également dans la salle. Coraline a disparu.

Alfred : *(Aux amis)* Bon écoutez, je vous remercie d'être venus, mais finalement, je vais me débrouiller autrement. Je vous raccompagne. Apparemment, vous attendez quelque chose qui n'arrivera pas. En tout cas pas ce soir *(Prénom de rose)*. Si vous voulez, on peut se voir après. Je suis très dispo et… le Kamasoutra n'a aucun secret pour moi, si vous voyez ce que je veux dire ? Par contre, faudra y aller mollo sur la tise, hein ! Tigresse, va ! Voilà ! Et encore merci. Akbala-Karabala !

Noir puis flash ambiance bleue suivi d'un flash ambiance rouge suivi d'un flash aveuglant puis retour à la lumière normale de jeu.

Alfred : Quant à vous Caroline, Coraline, pardon, je… Ben, elle est où ?

Gédéon : Ils sont où ?

Alfred : Qui ?

Gédéon : Mes amis ?

Alfred : Partis.

Gédéon : Déjà ?

Alfred : Oui. Ils avaient quelque chose de plus intéressant à faire. Pas vrai *(prénom de rose)* ?

Gédéon : Et Lilas ? C'est bon ? Elle est passée ? C'est réglé ?

Alfred : Non.

Gédéon : Comment ça, non ? Je croyais que c'était le but, ça, qu'elle vienne et que mes soi-disant amis la découragent de rester ? Ce n'était pas ça, votre plan ?

Alfred : Si !

Gédéon : Alors ?

Alfred : Ben… Il y a eu comme un léger décalage dans le timing.

Gédéon : Qu'est-ce que ça veut dire, ça, un léger décalage dans le timing ?

Sonnerie à la porte.

Gédéon : Qu'est-ce que c'est que ça encore ?

Alfred : Le décalage !

Il va ouvrir.

Lilas : Coucou, c'est moi !

Gédéon : Hé merde !

Alfred : Oh Dahlia ! Quelle surprise ! C'est Colza !

Lilas : Non, moi c'est Lilas.

Alfred : Oui, bon, c'est pareil. C'est Lilas.

Gédéon : C'est le bouquet !

Lilas : Je ne dérange pas ?

Alfred : Non.

Gédéon : Si !

Alfred : Ah ben si !

Lilas : Où sont vos amis ?

Alfred : Partis s'amuser ailleurs !

Lilas : Ah ! Je suis désolée.

Gédéon : Faut pas. Alfred ?

Alfred : Oui ?

Gédéon : Vous vous rappelez de la danseuse de tout à l'heure ?

Alfred : Oui.

Lilas : Quelle danseuse ?

Alfred : Vous voulez que je la fasse revenir ?

Gédéon : Non. Je voudrais que vous envoyiez Lilas au même endroit !

Lilas : Quoi ?

Alfred : Vous n'êtes pas sérieux, Gédéon !

Gédéon : Si, je suis sérieux ! Je ne sais pas où vous l'avez envoyée, je ne sais pas comment vous l'avez fait et je ne veux pas le savoir ! Tout ce que je veux, c'est que vous envoyiez Lilas prendre des cours de danse avec elle !

Lilas : Pourquoi voulez-vous que je prenne des cours de danse, Gédéon ?

Gédéon : Maintenant !

Alfred : Bon ! Akbala-Karabala !

Noir puis flash ambiance bleue suivi d'un flash ambiance rouge suivi d'un flash aveuglant puis retour à la lumière normale de jeu. Rien n'a changé.

Alfred : Tiens, c'est bizarre, ça n'a pas marché !

Gédéon : Qu'est-ce que je fais là ?

Alfred : Ben, vous habitez là ! Quelle question idiote !

Gédéon : Non, là *(Désignant Lilas)* Qu'est-ce que je fais là, devant moi ?

Lilas : Pourquoi je me vois ?

Gédéon : Qu'est-ce que vous avez fait ?

Alfred : Qu'est-ce que j'ai fait ?

Lilas : C'est quoi, encore, cette connerie, Alfred ?

Alfred : Heu…

Lilas : Vous nous avez inversés ?

Gédéon : Il nous a fait quoi ?

Lilas : Il nous a inversés !

Alfred : Ah oui, c'est bien possible.

Gédéon : Qu'est-ce que ça veut dire, ça, il nous a inversés ? Ça ne veut rien dire ! On ne peut pas inverser les gens comme ça, sans leur demander leur avis !

Lilas : Normalement, non. Mais lui, si. Lui, il peut !

Alfred : Inverser, inverser ! Tout de suite les grands mots !

Lilas : Et comment vous appelez ça, alors ? Je suis tranquillement dans mon corps et l'instant d'après, je me retrouve dans le corps de cette… de cette… Ah !

Gédéon : *(Incrédule)* Je suis dans votre corps ? Gédéon, je suis dans votre corps ?

Lilas : Elle est dans mon corps ! Mais oui, c'est vrai ! T'entends ça, espèce d'abruti pathologique ? Elle est dans mon corps !

Alfred : Ah ! On se tutoie ?

Lilas : N'essaie même pas !

Gédéon : *(Air ravi)* Je suis dans son corps…

Lilas : *(À Alfred)* Alors ? Je suis dans son corps. Elle est dans mon corps. On est tous les deux dans le corps de l'autre. Et tu dis que ce n'est pas de l'inversion ?

Alfred : Si. Si. Vu sous cet angle, si, évidemment.

Lilas : Mais sous quel autre angle tu veux le voir, dis ?

Alfred : Disons que j'ai, peut-être, commis une petite erreur, mais ce n'est rien. Ce n'est pas grave.

Lilas : Ce n'est pas grave ? Il se fout de ma gueule. *(À Gédéon)* Non, mais vous l'entend… *(Découvrant Gédéon qui se tâte l'entrejambe)* Mais qu'est-ce que vous faites, vous ?

Gédéon : Oh pardon !

Lilas : Allez-y ! Ne vous gênez surtout pas ! Elle me tripote !

Gédéon : Excusez-moi, je n'ai jamais eu de… Enfin, je veux dire je suis une femme alors…

Lilas : Elle me tripote !

Gédéon : Non, non, je ne vous tripote pas ! C'est juste qu'en marchant, la sensation est bizarre et…

Lilas : Elle me tripote !

Gédéon : Mais non !

Lilas : Non, mais on aura tout vu. Alors vous, on vous met dans le corps d'un autre et le seul truc auquel vous pensez, c'est de le tripoter ! Mais vous n'êtes pas bien. Vous êtes une malade ! Comme l'autre guignol, là ! Tous les deux ! Vous êtes tous les deux des grands malades !

Alfred : C'est bon, je m'excuse. L'erreur est humaine, non ?

Lilas : C'est toi l'erreur, connard !

Gédéon : Allons Gédéon, calmez-vous ! Il n'y a vraiment pas de quoi s'énerver, je vous assure.
Lilas : Ben tiens, oui ! Pourquoi je m'énerve, moi ? C'est vrai ? Tout est normal, hein ? Il n'y a vraiment pas de quoi s'énerver.

Gédéon : Non. Ça ne sert à rien. Regardez-moi, je reste calme.

Lilas : Mais oui, vous avez raison. Je vais faire comme vous.

Gédéon : Voilà. C'est mieux !

Lilas : Je vais même en profiter pour me peloter les seins, ça va me calmer ! *(Lilas joint l'acte à la parole)*

Gédéon : Quoi ?

Lilas : Je fais comme vous, je découvre de nouvelles sensations !

Gédéon : Arrêtez de toucher mes seins !

Lilas : Quand vous arrêterez de me toucher la…

Alfred : Stop !

Lilas : Stop ? Mais c'est à elle, là, qu'il faut dire stop ! Ce n'est pas moi qui me tripote les parties devant tout le monde ! Exhibitionniste, va !

Gédéon : Et vous ? Vous ne me caressez pas les seins, peut-être ?

Lilas : C'est vous qui avez commencé !

Alfred : Mais ce n'est pas bientôt fini, oui ? On se croirait dans une cour de récré ! On a des choses plus importantes à régler que vos jeux de touche-pipi !

Gédéon : Oui, vous avez raison Alfred ! Il faut qu'on retrouve nos corps.

Alfred : Oui, aussi. Mais ce n'est pas à ça que je pensais.

Gédéon : Comment ça, ce n'est pas à ça que vous pensiez ?

Lilas : Il y a quelque chose de plus important ?

Alfred : Oui.

Lilas : Qu'est-ce qu'il y a de plus important que de retrouver nos corps respectifs ?

Alfred : Important n'est peut-être pas le terme le plus approprié mais…

Gédéon : Mais quoi ?

Lilas : Il me fait peur, là !

Alfred : Non, non, non pas de quoi s'affoler.

Lilas : Alfred ?

Alfred : Si je vous le dis, vous me promettez de ne pas vous fâcher ?

Lilas : Ça y est, je crains le pire.

Alfred : Promettez-le-moi.

Gédéon : Oui, il vous le promet.

Alfred : Bon, alors voilà. Deux petites choses…

Lilas : Deux ?

Gédéon : Gédéon !

Alfred : Si vous commencez déjà à m'interrompre, on n'y arrivera jamais, vous savez ?

Lilas : Pardon ! Je vous en prie, continuez !

Alfred : Deux petites choses, disais-je ! Oh trois fois rien. Inutile d'en faire un taboulé ! Tout d'abord, je ne peux pas vous redonner vos corps tout de suite. Ça nécessite un peu de temps.

Lilas : Combien ?

Alfred : Un peu. Ce n'est pas une science exacte.

Lilas : Qu'est-ce que ça veut dire, ça, ce n'est pas une science exacte ? Vous pouvez ou vous ne pouvez pas ?

Alfred : Oui, je peux. Bien sûr que je peux. Mais pas tout de suite. Il faut d'abord laisser le sortilège reposer un peu, avant. Et le délai varie en fonction de nombreux critères. Enfin, bref, on n'est pas là pour faire un cours.

Lilas : OK, d'accord. Et la deuxième chose ?

Alfred : Alors, la deuxième chose. Heu… Eh bien, voilà… comment dire ? Tout à l'heure, votre amie, Caroline, est passée.

Gédéon et Lilas : Coraline !

Alfred : Ah oui, pardon. Coraline.

Lilas : Quand ?

Alfred : Ben, je viens de vous le dire. Tout à l'heure. Quand vous êtes allé chercher des trucs à grignoter pour vos amis.

Lilas : Et c'est maintenant que vous me le dites ?

Alfred : L'occasion ne s'est pas présentée avant.

Lilas : Vous vous foutez de ma gueule ? *(À Gédéon)* Il se fout de ma gueule ? Qu'est-ce qu'elle a dit ?

Alfred : Ben… À vrai dire… Elle n'a pas beaucoup apprécié vos amis.

Lilas : Le contraire m'aurait étonné.

Alfred : Ouais, je ne vais pas vous le cacher, elle n'était pas très contente.
Lilas : Hé merde !

Alfred : Mais vous me connaissez ? J'ai assuré comme une bête.

Lilas : Et ?

Alfred : Eh bien vous pouvez me remercier, car je suis arrivé à la convaincre de repasser vous voir après son boulot.

Lilas : Quoi ?

Gédéon : Mais c'est génial ! Bravo Alfred !

Alfred : Merci ! Alors ? Qu'est-ce que vous en dites ?

Lilas : Vous voulez dire que Coraline va venir ?

Alfred : Heu… Oui. Enfin, ça peut se faire, quoi !

Lilas : Ici ?

Alfred : Oui. On dit merci qui ?

Lilas : C'est la catastrophe !

Gédéon : Comment ça c'est la catastrophe ? Je ne vous comprends pas Gédéon. C'est ce que vous vouliez, non ?

Alfred : Ben oui, non ?

Lilas : Non.

Alfred : Ah si ! Vous m'avez dit que vous vouliez qu'elle revienne pour que vous puissiez vous expliquer.

Lilas : Mais comment je vais faire, déguisé en l'autre là

Gédéon : Lilas.

Lilas : Ouais c'est ça.

Alfred : Ah merde !

Lilas : C'est ballot, hein ?

Alfred : Je n'avais pas pensé à ça !

Lilas : Qu'est-ce qui change ? Vous ne pensez jamais !

Gédéon : Ce n'est pas la peine d'être désagréable avec ce pauvre Alfred !

Lilas : Pauvre Alfred ?

Alfred : C'est moi.

Lilas : Je le sais que c'est vous ! Je ne le sais que trop, hélas ! Et l'autre qui dit : « Pauvre Alfred ! » Mais c'est un maître dans son domaine, le plus grand dans sa catégorie.

Alfred : Oh, ça c'est gentil, merci.

Lilas : Ne vous emballez pas ! Ce type me ruine consciencieusement l'existence depuis ce matin ! C'est une calamité ambulante, un cataclysme, que dis-je un cataclysme ? C'est un tsunami ! Voilà, c'est ça. Lilas, je vous présente Alfred, mon petit tsunami personnel, rien qu'à moi ! J'en ai de la chance, hein ?

Gédéon : Vous exagérez Gédéon.

Alfred : Oui, vous exagérez Gédéon.

Lilas : Mais tu sais ce qu'il te dit, Gédéon, espèce de génie de pacotille ?

Alfred : Oh !

Gédéon : Gédéon ! Calme-toi !

Lilas : Vous, vous ne me tutoyez pas non plus, compris ?

Alfred : Oui, elle a raison, calmez-vous mon vieux !

Lilas : Ne m'appelez jamais comme ça. Je ne suis pas votre vieux, OK ? Je ne suis même pas votre ami. C'est clair ?

Alfred : C'est clair.

Gédéon : Gédéon, vous exagérez quand même !

Lilas : Moi j'exagère ? Moi j'exagère ? La femme que j'aime par-dessus tout va venir d'un moment à l'autre alors que cet abruti n'arrive même plus à me faire retrouver mon corps ! Et c'est moi qui exagère ?

Gédéon : On va trouver une solution ! Il doit bien y avoir une solution, non ? Qu'est-ce que vous en dites, Alfred ?

Alfred : Oui. Il y a une solution.

Gédéon : *(À Lilas)* Ah, vous voyez !

Lilas : Mais qu'est-ce que vous attendez, alors ?

Alfred : Ben… Il y a bien une solution, oui, c'est vrai… sauf que…

Lilas : Sauf que quoi ?

Alfred : *(Presque inaudible)* Je ne la connais pas.

Gédéon : Quoi ?

Alfred : *(Plus clair cette fois)* Je ne la connais pas.

Lilas : Comment ça, vous ne la connaissez pas ?

Gédéon : Alfred ?

Alfred : Oui ?

Gédéon : Vous ne la connaissez pas ?

Lilas : Il ne la connaît pas !

Alfred : Je ne la connais pas.

Lilas : Je suis foutu.

Alfred : Bon d'accord, vous avez raison, j'avoue, j'ai un peu exagéré tout à l'heure. En fait, disons que je n'ai pas totalement réussi mon examen de génie. J'ai un peu foiré une ou deux matières.

Lilas : Et ?

Alfred : Et c'est tout.

Lilas : C'est tout ?

Lumière douche sur Alfred. Musique larmoyante en fond sonore.

Alfred : OK ! J'ai totalement foiré l'examen. Mais au final, j'ai quand même suivi tout le cursus. Après tout, un diplôme, ce n'est qu'un bout de papier, non ? Et comme ça avait l'air de faire super plaisir à mes parents… Ben je ne leur ai rien dit. Et ils m'ont payé l'inscription au registre officiel. J'ai signé le protocole et voilà ! Vous auriez fait quoi, à ma place ? Ils avaient l'air si heureux. Moi je voulais juste passer mon permis tapis. Mon truc, c'était de monter une petite affaire. Vous savez, trimballer des touristes dans la ville, une fois la nuit tombée, sur un joli tapis ? Malheureusement, il s'est avéré que je souffre de vertiges… Chroniques… De type 2 ! Du coup, j'ai dû abandonner l'idée. Et c'est là que j'ai croisé ce chameau d'Ali Baba qui m'a dénoncé au SIG. Il faut savoir qu'à l'époque, ce n'était pas bien vu d'exercer illégalement le métier de Génie. Pas bien vu du tout. Si vous étiez arrêté, on vous coupait les mains et les pieds et on vous arrachait la langue et les yeux. C'est qu'on savait s'amuser en ce temps-là. Bref, comme ça me gênait un peu d'être dispersé, j'ai rien dit et je me suis arrangé pour me faire emboutiller le temps que l'histoire se tasse un peu.

Lilas : C'est pathétique !

Fin musique. Retour au plein feux.

Gédéon : Non. Moi je dis qu'il en faut du courage pour accepter d'être enfermé dans une bouteille.

Alfred : Merci Gédéon !

Gédéon : Non, moi c'est Lilas !

Alfred : Hein ?

Gédéon : *(Désignant Lilas)* Gédéon est là.

Alfred : Ah oui, pardon !

Lilas : Tu vois où ça nous mène toutes tes conneries ? On ne sait même plus qui est qui !

Gédéon : Mais la voilà la solution !

Alfred : Hein ?

Lilas : Quelle solution ?

Gédéon : Vous l'avez dit vous-même, Gédéon : nous ne savons même plus qui nous sommes alors que nous sommes nous. Donc comment voulez-vous que quelqu'un qui n'est pas nous, sache qui nous sommes ? Logique non ?

Alfred : Pas vraiment. Et pourtant je suis loin d'être bête.

Lilas : *(À Alfred)* Toi, je ne sais pas si t'es loin d'être bête mais ce dont je suis sûr c'est que t'es bête même de loin ! *(À Gédéon)* Quant à vous, ce n'est pas une bonne idée.

Alfred : Je suis largué.

Gédéon : Vous avez autre chose à proposer ?

Lilas : Non.

Alfred : Quelqu'un peut m'expliquer ?

Gédéon : Je vais me faire passer pour Gédéon !

Alfred : Mais oui, c'est une bonne idée !

Lilas : Non !

Gédéon : Quoi non ?

Lilas : Je n'étais déjà pas très chaud, mais si en plus Alfred pense que c'est une bonne idée, alors je dis non, tout de suite ! C'est sûrement une idée à la con !

Alfred : *(Vexé)* Ah ben, je vous remercie !

Lilas : Pas de quoi !

Gédéon : Bon, écoutez les garçons, on n'a pas le temps de se disputer. *(À Lilas)* Vous, Gédéon, vous voulez récupérer votre amie, n'est-ce pas ?

Lilas : Oui, bien sûr.

Gédéon : Alors, à moins qu'Alfred puisse arranger les choses, là, maintenant tout de suite…

Lilas : Ça m'étonnerait.

Alfred : Oui, moi aussi.

Lilas : Quoi ?

Alfred : Enfin, ce que je veux dire, c'est que dans l'immédiat, ce n'est pas possible.

Gédéon : Donc, il n'y a pas d'autre choix. Je me fais passer pour vous. À quelle heure a-t-elle dit qu'elle passerait ?

Alfred : Hé bien, heu…

Lilas : Après son travail, c'est ça ?

Alfred : C'est-à-dire, heu…

Gédéon : Ça nous laisse une heure pour tout préparer.

Lilas : Attendez, attendez ! Alfred ?

Alfred : Oui ?

Lilas : Qu'est-ce que vous nous cachez encore ?

Alfred : Moi ?

Lilas : Oui, vous !

Gédéon : Qu'est-ce qu'il y a ?

Lilas : Quand vous lui avez demandé à quelle heure Coraline devait arriver, j'ai eu l'impression qu'il ne savait plus quoi dire.

Alfred : Vous allez voir que ça va me retomber dessus !

Lilas : Alfred ? Dites-moi que vous nous avez tout dit.

Alfred : Je vous ai tout dit.

Lilas : Sûr ?

Alfred : Ou presque…

Lilas : Je le savais !

Gédéon : Alfred ? Qu'est-ce que vous ne nous avez pas dit ?

Lilas : C'est un cauchemar ambulant, ce type ! Je vais le tuer ! Je vais vous tuer !

Gédéon : Calmez-vous Gédéon.

Alfred : De toute façon, il ne peut pas. En tant que Génie, je suis immortel.

Gédéon : Mais vous l'avez avoué vous-même tout à l'heure, vous n'êtes pas un vrai génie !

Alfred : Oui mais en me faisant mettre en bouteille, je suis devenu automatiquement immortel.

Lilas : Ah non, pas ça ! Vous voulez dire que je suis condamné à vous supporter jusqu'à la fin de mes jours ?

Alfred : Non, pas obligatoirement. Vous pouvez me forcer à retourner dans une bouteille.

Lilas : Ah bon ?

Alfred : Oups !

Lilas : Pourquoi vous ne me l'avez pas dit plus tôt ?

Alfred : Vous ne me l'avez pas demandé.

Lilas : Comment je dois faire ?

Alfred : Ne me le demandez pas, s'il vous plaît, sinon je suis obligé de vous le dire !

Lilas : Si, si, je vous le demande. Alfred, comment fait-on pour vous remettre en bouteille ?

Alfred : Ben, il suffit de prendre une bouteille, de la déboucher, de pointer le goulot vers moi, de prononcer la formule magique et de la reboucher. Ce n'est pas plus compliqué que ça.

Lilas : Et ?

Alfred : Et c'est tout, je vous dis.

Lilas : C'est quoi cette putain de formule magique, Alfred ?

Alfred : Quelle connerie ce protocole, je n'aurais jamais dû le signer !

Lilas : Alfred !

Alfred : Akbala-Karabala ! De la bouteille, tu es né, à la bouteille, tu retourneras. Karabala-Akbala ! *(Abattu)* Je suis foutu !

Lilas : OK ! OK ! Il me reste une bouteille de champagne ! Je la gardais pour fêter le retour de Coraline ! Tant pis, je la vide dans l'évier et je reviens.

Il sort.

Alfred : Gédéon, heu non, Acacia, enfin, vous là…

Gédéon : Lilas.

Alfred : Je vous en supplie, empêchez-le de faire ça, s'il vous plaît.

Gédéon : Mais comment ?

Alfred : Je ne sais pas. Mais je vous en conjure, faites quelque chose ! Vivre dans une bouteille, ce n'est pas une vie.

Gédéon : Oui, je veux bien vous croire. Déjà, moi, dans mon 17 m², j'ai du mal ! Et puis, s'il vous remet dans la bouteille, on ne pourra plus retrouver nos corps. Je ne vois qu'une solution.

Alfred : Laquelle ?

Gédéon : Faites venir Coraline tout de suite ! S'il la voit, ça va sûrement le calmer.

Alfred : Oui, je vais essayer ! Attention ! Akbala-Karabala !

Noir puis flash ambiance bleue suivi d'un flash ambiance rouge suivi d'un flash aveuglant puis retour à la lumière normale de jeu. Rien n'a changé.

Gédéon : Pas de Coraline ?

Alfred : Non.

Gédéon : Ça n'a pas marché ?

Alfred : Ah ben non. On dirait que ça n'a pas marché, là non plus.

Lilas : *(De retour)* Qu'est-ce que je fais là ?

Alfred : Oui, bon, je sais ce que vous allez dire Gédéon, je suis un nul ! OK, c'est entendu ! Mais ce n'est pas en me remettant dans une bouteille que ça va arranger vos affaires.

Lilas : Pourquoi vous m'appelez Gédéon ? Il est derrière vous Gédéon !

Gédéon : Arrêtez de le faire marcher, Gédéon. Ce n'est pas gentil. En plus, il va falloir trouver autre chose !

Alfred : Moi, ce que je ne comprends pas, c'est qu'il ne se soit rien passé. D'habitude, il se passe toujours quelque chose. Même si ce n'est pas ce qu'on attend. Mais là, rien.

Gédéon : C'est vrai que ça marche de moins en moins bien vos tours de passe-passe !

Lilas : Est-ce que quelqu'un peut m'expliquer ce qu'il se passe ? Je vous ai demandé ce que je…

Alfred : Écoutez, Gédéon, je crois que le plus simple c'est…

Lilas : Ne m'interrompez pas !

Alfred : Je ne vous interromps pas ! *(Réalisant)* Oh merde ! Caroline ?

Lilas : Coraline !

Gédéon : Coraline !

Alfred : C'est Coraline !

Gédéon : Oui. J'ai compris !

Lilas : Eh bien oui, quoi, je n'ai pas changé de tête depuis tout à l'heure.

Gédéon : Ah si ! Un peu quand même.

Lilas : Quoi ?

Alfred : Je crois que vous devriez aller vous regarder dans le miroir de la salle de bain.

Lilas : Qu'est-ce que j'ai ?

Alfred : Je ne vous le dis pas. Ça sera la surprise.

Lilas : Vous allez m'expliquer ce que je fous là ? Et comment je suis arrivée ?

Alfred : Oui, mais tout à l'heure.

Gédéon : Oui, un choc à la fois !

Alfred : Allez. La salle de bain est par là.

Lilas : Je sais où est la salle de bain. Merci !

Elle sort.

Gédéon : Qu'est-ce qu'on fait ?

Alfred : On commence par la réanimer et ensuite on fait comme on a dit. Vous vous faites passer pour Gédéon.

Gédéon : La réanimer ? Pourquoi ?

Lilas : *(Off)* Argh !

Alfred : Pour ça.

Lilas : Qu'est-ce que c'est que cette connerie ?

Alfred : C'est la surprise !

Lilas : Comment vous avez fait ça ?

Alfred : Alors là, vous allez rire, c'est tout bête…

Lilas : Ne m'interrompez pas !

Alfred : Je ne vous interromps pas !

Lilas : Pourquoi je suis devenue toute moche ?

Gédéon : Quoi ?

Lilas : Je suis affreuse !

Gédéon : Non mais dites donc, faites un peu attention à ce que vous dites, vous là !

Lilas : Gédéon, j'ai peur ! Qu'est-ce qui m'arrive ?

Elle se précipite dans les bras de Gédéon. Alfred fait signe à Lilas (Gédéon) de jouer le jeu de l'affection.

Gédéon : Heu… ce n'est rien, ce n'est rien. Je suis là. Je suis là ma chérie ! Tout va bien se passer.

Alfred fait signe à Lilas (Gédéon) de donner un baiser à Coraline (Lilas).

Gédéon : *(Repoussant Lilas)* Ah non, je ne vais quand même pas l'embrasser !

Lilas : Quoi ?

Gédéon : C'est une femme !

Alfred : Mais qu'est-ce que ça peut faire puisque c'est vous ? C'est comme si vous vous embrassiez vous-même.

Gédéon : Mais c'est une femme. Je ne vais pas embrasser une femme !

Lilas : Gédéon ? Qu'est-ce que tu racontes ? Tu m'as déjà embrassée.

Gédéon : Hein ? Ah oui. Je t'ai déjà embrassée, bien sûr ! *(Sans conviction)* Et c'était bien !

Lilas : Tu vas bien ?

Alfred : Oui, il va bien. Il va bien mais…

Lilas : Mais quoi ?

Alfred : Heu… je ne sais plus ! *(À Gédéon)* Dites quelque chose vous !

Gédéon : Moi ? Mais pourquoi moi ?

Alfred : Parce que c'est vous qui refusez de l'embrasser. En plus j'ai un autre souci en tête là, je ne sais pas ce que c'est…

Gédéon : Sympa.

Alfred part dans ses pensées. Il semble rejouer silencieusement et à vitesse rapide ce qui vient de se passer.

Lilas : Gédéon, tu me caches quelque chose ?

Gédéon : Oui. Enfin, non. C'est compliqué.

Lilas : Tu es homo ?

Gédéon : Hein ?

Lilas : Et ton copain, Alfred, là, c'est ton amant, c'est ça ?

Gédéon : Mais non, pas du tout ! Alfred, dites quelque chose !

Alfred : *(Émergeant de sa réflexion)* Hein ? Oui c'est ça. J'avoue tout.

Lilas : Oh ! Je suis humiliée !

Gédéon : Mais non !

Lilas : Ne m'interromps pas !

Gédéon : Je ne vous interromps pas !

Lilas : Comment j'ai pu être aussi naïve ? Et dire que je regrettais de t'avoir quitté ! Qu'est-ce que je vais devenir ? Regarde-moi ? À cause de toi, j'ai pris 25 kilos. Je suis devenue moche et grosse.

Gédéon : Hé, ça va bien avec ça ! J'ai pris un peu de poids mais je compte me ressaisir. Je viens de prendre un abonnement au club de gym.

Lilas : Je ne comprends rien à ce que tu dis ! Voilà, c'est la totale, je suis devenue moche et conne. Il ne me reste plus qu'à m'exiler à l'autre bout du monde ! Mais avant, je voulais que tu saches que c'est moi qui ai demandé à la direction de te virer.

Gédéon : Hein ?

Lilas : Je sais que toi aussi tu voulais le poste au siège social. En fait, j'ai intercepté ta candidature. Et quand j'ai été nommée, j'ai eu peur que tu découvres tout. Alors je t'ai fait virer. Et ensuite je t'ai quitté parce que je ne supportais pas l'idée de te regarder en face.

Gédéon : Comment vous avez pu faire ça à Gédéon ?

Lilas : Quoi ?

Gédéon : Enfin, comment vous avez pu lui faire ça, heu… à moi ?

Lilas : Qu'importe ! Tu as gagné. Je m'en vais, tu ne me reverras plus. Je vais envoyer une lettre à la direction pour tout expliquer. Tu récupéreras le poste dès lundi. Voilà. Adieu Gédéon.

Gédéon : Attendez…

Lilas sort.

Gédéon : Flûte ! C'est raté. C'est Gédéon qui ne va pas être content ! Il va me tuer.

Alfred : Merde, Gédéon !

Gédéon : Quoi, Gédéon ?

Alfred : Si vous, vous êtes dans Gédéon et que Coraline est dans vous, enfin, dans Magnolia, heu… Lilas je veux dire.

Gédéon : J'avais compris.

Alfred : Mais alors où est Gédéon ?

Gédéon : Gédéon ! Alfred, qu'est-ce que vous avez fait de Gédéon ?

Alfred : Je n'en sais rien. Pas de panique ! Cherchons-le ! Si ça se peut, il n'est pas si loin !

Alfred et Gédéon : *(Appelant et cherchant)* Gédéon !

Gédéon : Mais bon sang, vous ne pouvez pas vous concentrer une bonne fois pour toutes et nous faire tous revenir dans nos corps ! Ça ne serait pas plus simple ?

Alfred : Si, vous avez raison. Je vais essayer. Attention ! Akbala-Karabala !

Noir puis flash ambiance bleue suivi d'un flash ambiance rouge suivi d'un flash aveuglant puis retour à la lumière normale de jeu. Gédéon a disparu, remplacé par Coraline.

Alfred : Coraline ?

Coraline : Non, Lilas.

Alfred : Lilas ?

Coraline : Oui.

Alfred : Vous êtes dans le corps de Coraline.

Coraline : Ah oui ! Eh bien, on a beau dire, le corps d'une femme, il n'y a rien de mieux. En plus, vous avez vu ? Mes kilos ont disparu !

Alfred : Tant mieux !

Coraline : Et Gédéon ?

Alfred : Comme vos kilos ! Disparu !

Coraline : C'est foutu !

Tous deux s'assoient sur les poufs, visiblement abattus.

Coraline : Tiens, où est ma nappe ?

Alfred : Hein ? Disparue, elle aussi ! Je l'avais pourtant dit à mes parents que ce n'était pas un truc pour moi, ça, génie… C'est la cata !

Coraline : Allons, ne vous laissez pas abattre. Je vais vous chercher un petit verre pour vous remonter, ensuite on réessayera.

Coraline sort côté cuisine.

Alfred : Vous croyez que c'est une bonne idée ? Je risque d'inverser la bonne moitié de la population avant d'y arriver.

Coraline : *(Off)* Je vous fais confiance et… Argh !

Alfred : Lilas ?

Coraline : Je l'ai retrouvé !

Alfred : La nappe ?

Coraline : Non. Gédéon !

Alfred : Gédéon ?

Coraline : Oui. Enfin, j'espère…

Gédéon, habillé en danseuse orientale, apparaît, frigorifié.

Gédéon : J'ai froid !

Coraline : Gédéon ?

Gédéon : Coraline ?

Coraline : Heu…

Alfred fait de grands signes de tête affirmatifs.

Alfred : Oui, Coraline, c'est ça.

Coraline : Mais…

Alfred fait signe à Coraline de se taire.

Alfred : Il vous a reconnue, c'est plutôt bon signe.

Gédéon : Tu es revenue. Pour moi ?

Coraline : Oui. Et… je ne te quitterai plus. Je vais donner ma démission pour que tu prennes ma place. Tu l'as bien mérité. Et moi je vais me lancer dans la décoration d'intérieur. Et nous serons heureux, tous les deux, pour toujours.

Gédéon : Tu me le promets ?

Coraline : Je te le promets mon amour.

Gédéon : Serre-moi fort, j'ai froid.

Coraline : Viens, on va te changer. Tu as un peignoir ?

Gédéon : Dans la chambre.

Ils sortent côté chambre.

Alfred : Et voilà le travail ! *(S'asseyant sur un pouf face à la table basse)* Ce n'est pas Ali Baba qu'aurait pu en faire autant ! Et surtout, ne me remerciez pas !

On entend des cris étouffés.

Alfred : Plus tard alors !

Les cris vont crescendo.

Alfred : C'est gênant !

Coraline : *(Appelant)* Alfred !

Gédéon : *(Appelant)* Alfred !

Alfred : Oh non ! C'est très gênant !

Coraline et Gédéon : *(Appelant)* Alfred ! Venez !

Alfred : Oh non ! Pas à trois !

Gédéon et Coraline reviennent essoufflés, ébouriffés et visiblement terrifiés.

Coraline : Alfred !

Gédéon : C'est quoi cette panthère dans la chambre ?

Alfred les regarde, regarde la table basse où manque la peau de panthère puis regarde le public.

Alfred : Oh la boulette !

On entend un cri de panthère.

Coraline, Gédéon et Alfred : Arghhhh !

NOIR